COLEÇÃO CLÁSSICOS DE OURO

Fiódor Dostoiévski

O ETERNO MARIDO

TRADUÇÃO *Marina Guaspari*

INTRODUÇÃO *Ruth Guimarães*

5ª EDIÇÃO

EDITORA
NOVA
FRONTEIRA

Título original: *Vechnyj Muzh*

Editora Nova Fronteira Participações S.A.
Rua Candelária, 60 – 7º andar – Centro – 20091-020
Rio de Janeiro – RJ – Brasil
Tel.: (21) 3882-8200

Imagem de capa: Joseph Christian Leyendecker
"Easter"
OST, 1918
Col. Particular

CIP-Brasil. Catalogação na fonte
Sindicato Nacional dos Editores de Livros, RJ

D762e

Dostoiévski, Fiódor, 1821-1881
O eterno marido/Fiódor Dostoiévski; tradução Marina Guaspari; introdução Ruth Guimarães. - 5. ed. - Rio de Janeiro: Nova Fronteira, 2021. (Clássicos de Ouro)
176 p.

Tradução de: Vechnyj Muzh
ISBN: 978-65-56402-28-4

1. Novela russa. I. Guaspari, Marina. II. Guimarães, Ruth. III. Título IV. Série.

17-40879 CDD: 891.73
CDU: 821.161.1-3

Sumário

Os Caminhos de Dostoiévski

Embora devesse ter nascido como acontece com toda a gente, e tal nascimento a 11 de novembro de 1821 fosse de tremenda importância para o mundo, a vida de Dostoiévski começou mesmo em 1846, com a publicação de *Gente pobre*. E até pode ser que começasse bem depois, mas não antecipemos. Nasceu numa das dependências do Hospital Maria, onde habitavam seus pais, sendo o pai médico. E porque se tratava de hospital, onde as dores fizeram morada, diz-se também que cresceu sombrio o menino Fiódor Mikhailovitch Dostoiévski, esse que daria tanto que falar ao mundo. Da infância transcorrida em ambiente tão taciturno e escurento, do sofrer alheio e de mágoa muita, resultou que o menino virou um homem taciturno e de alma escura. Seja. Que há muitas coisas entre o céu e a Terra para serem demonstradas. Seja. Que em certas almas, excepcionalmente sensíveis, tudo deixa a sua marca, como em certas plantas muito fecundas todo botão floresce e frutifica, e em certas terras fofas, muito férteis, qualquer pisada deixa rastro. O que todavia fica da leitura atenta de tanta coisa de Dostoiévski e de tanta que se escreveu a seu respeito é que foi, quem sabe, a dureza da alma do pai que o marcou. Dureza boa, firme, de diamante, que vinha de longe, de que o pai não tinha culpa, pois ninguém se endurece por si, mas é temperado pela vida, mas tanta, que algumas fontes informam textualmente que foi assassinado, em 1839, pelos seus camponeses, devido à dureza do seu coração. Hospital, cemitério, furna, pátio dos milagres, sertão comburido de secas, com o gado estorricando e a sede imensa, campos de concentração com privações inomináveis, nada disto seria nada sem a malvadez do homem. Criança é planta que só necessita de amor. Ela encontrará na devastação, na sombra, no horror, na carnificina uma nesga de céu, uma flor, um caco de vidro que brilha, um bichinho de asas coloridas, e se a alma de um Dostoiévski não se libertou na sua sombra, e não cresceu em toda a plenitude, é que ela foi varrida pelos maus ventos das tormentas humanas.

Nasceu e foi batizado na Igreja de São Pedro e São Paulo.

Teve mãe amorosa e meio apagada, irmãs, irmãos. Passou do hospital para a vida mais livre do pequeno domínio comprado pelos Dostoiévski na província de Tula, quando o menino Fiódor tinha dez anos.

Esteve semi-interno no colégio do Sr. Drachoussov Souchard, de origem francesa, de quem não gostava e que retratou não muito caridosamente em suas obras. Passou para o Colégio Tchermak e depois para o Colégio Kostomarov, de São Petersburgo. Perdeu a mãe em fevereiro de 1837. Sofreu logo depois de dor de garganta e extinção total da voz, de que lhe restaram traços durante toda a vida.

Entra na Escola de Engenharia no antigo Palácio Miguel, construído por Paulo I, e o que sabemos do jovem cadete é que anda sempre desprevenido. Pede dinheiro constantemente ao pai, na sua correspondência.

Morre o pai em 1839, e em 1840 o moço atinge o posto de suboficial. Entretanto, pesa-lhe a vida militar. Lê muito: Balzac, Schiller, Victor Hugo, Shakespeare, Racine, Goethe. Começa a escrever, e tem-se notícia de dois dramas seus inacabados, dessa época, *Mary Stuart* e *Boris Godunov*. Frequenta o Teatro Alexandra, os balés, os concertos. Em 1842, promovem-no a tenente. No ano seguinte termina os estudos e é adido à seção de planos e desenhos do departamento de engenharia. Sabemos que traduziu *Eugênia Grandet*, de Balzac, nesse ano, e que continua precisando de dinheiro. Em 1844 pede baixa do serviço militar, sendo-nos desconhecidos os motivos por que o fez, tanto mais que a carreira das armas lhe era conveniente sob o ponto de vista material e social. Podemos supor, pelo que sabemos dele, que a vida militar lhe era intolerável. O conto *Uma criatura dócil* tem como protagonista um antigo militar. Ler o conto é ficar a par dos pensamentos de Dostoiévski a respeito, e, se não foi precisamente o episódio do conto o que se deu com ele, poderia ter sido, se adotarmos a teoria das probabilidades de Chesterton.

Vamos encontrá-lo em agosto de 1844 trabalhando em *Gente pobre*. Tudo isso é Dostoiévski e ainda não é Dostoiévski.

Na época de *Gente pobre* estava muito influenciado por Gogol, cuja novela *O capote* abrira novas perspectivas a todo romance russo, na segunda metade do século XIX. *Gente pobre* causou sensação na época. O autor conta longamente, no *Diário de um escritor*, a acolhida entusiástica feita ao seu primeiro livro.

Gregorovitch, um seu amigo, havia levado os originais ao poeta Nekrássov, e os dois homens passam uma parte da noite lendo o texto em voz alta. "Raramente vimos alguma coisa de tão jovem, de tão fresco, de tão belo... esse foi um desses instantes que permanecem para sempre no coração dos que o viveram." Às quatro horas da manhã, resolveram ir imediatamente felicitar o autor. "Que importa se ele dorme? ISTO vale mais que o sono." Encontraram-no meditando em sua janela (foi numa noite branca) e saltaram-lhe ao pescoço, com transportes de entusiasmo.

Seguiu-se um breve período de sucessos literários e mundanos. Ele se dava com gente da melhor sociedade, o príncipe Odoievski, o conde Sologub.

"Estou embriagado com a minha própria glória", diz em carta a um irmão. A embriaguez durou pouco. As obras que se seguiram a *Gente pobre* — *O duplo*, *A senhoria*, *O senhor Prokhártchin* — são medíocres, e Dostoiévski é abandonado pelos seus novos amigos. Rompe com Nekrássov, no ano da aparição de *Gente pobre* (1846), depois com Bielinski, no começo do ano seguinte. Entretanto, não se trata de rompimentos definitivos, e aqueles que cercam o impulsivo jovem parecem não lhe dar maior importância aos repentes.

O jovem procurava com certa paixão o seu caminho. Tentava a novela, o romance, o jornalismo, a realidade, o romantismo, a observação, o sonho. *Noites brancas*, por exemplo, a lírica novelinha, é de 1848. E ia da exaltação ao desânimo — sem passar pelo meio — mas sem renunciar jamais à sua vocação de escritor.

Os fatos vão-se acumulando, sem significação e sem conexão aparentes. Assim, por exemplo, em 1845, Bielinski e Turguenev tinham reprovado a Dostoiévski sua vida desregrada. E passou-se ainda mais um ano antes que outra notícia viesse juntar-se às muitas que formaram a vida exterior do homem: na primavera de 1846 ele foi atingido por uma epilepsia benigna. Atingido não seria o termo. Quem sabe *alcançado*? Ou quem sabe ainda se foi ele quem *alcançou* o mal, tão deficientes são as palavras para tocarem a verdade das coisas. Já nesse tempo, embora sabendo da turbulência de suas ações, da sua impulsividade, das suas querelas, já uma pincelada pode não defini-lo, que o homem tem muitas dimensões, mas individualizá-lo: Turguenev e Nekrássov fazem um epigrama a seu respeito, chamado "O Cavaleiro da Triste Figura"...

Mas eis que os tempos estão vindo, e o destino lhe bate à porta.

Em 1847 Dostoiévski começa a frequentar o círculo de Petrachevski e a utilizar os livros de sua biblioteca. De repente, desencadeia-se a primeira crise violenta de epilepsia. Nesta sinfonia aterradora de que o tema é o despertar de uma alma, o andamento é só *crescendo*. Morre Bielinski, Dostoiévski se debate em dificuldades pecuniárias. Interessa-se pelas teorias socialistas, aliás, é um espírito arejado, em dia com as ideias novas, e o movimento literário. Ouve conferências, inteira-se do que é fourierismo e comunismo. No começo de 1849 assiste às reuniões literárias dos sábados em casa dos amigos de Petrachevski. É uma alma impetuosa e ardente. Lê aos amigos a carta em que Bielinski censura a Gogol ter abraçado a causa da monarquia absoluta. Comparece ao jantar dos "petrachevskistas", em honra de Fourier. Em uma reunião em casa de Petrachevski lê uma segunda vez a carta de Bielinski. O que vem depois seria puro melodrama, se não fosse tão doloroso.

A 23 de abril, em seguida a uma denúncia, Dostoiévski é preso às 5 horas da manhã, e, com outros "petrachevskistas", conduzido à Fortaleza de Pedro e Paulo. Iniciado o processo a 30 de setembro, termina a 16 de novembro com a sua condenação à morte, *por ter difundido a carta criminosa de Bielinski*. Entretanto, dentre os seguidores de Petrachevski (funcionário dos Negócios Estrangeiros, matemático, ateu e "fourierista") Dostoiévski se sentia mais à vontade com um grupo um tanto dissidente, liderado por Dourov. Neste grupo, a tendência era a literatura: admiravam-se as *Palavras de um crente* e o socialismo aparecia antes como uma aplicação moderna do Cristianismo. Mas continuamos em pleno melodrama. A 22 de dezembro, os condenados são levados de carreta ao local da execução. No momento justo em que deveriam morrer, anunciam-lhes que sua pena foi comutada para trabalhos forçados. Teria sido desde o começo intenção de Nicolau I assustar mortalmente essa meia dúzia de cabeças quentes. A 24 de dezembro, véspera de Natal, em plena noite santa, os condenados partem para a Sibéria. Nem Dickens agruparia tantos pormenores inverossímeis. Que pensariam esses homens banidos do mundo, nessa noite, deixando atrás de si o longo caminho das casas iluminadas, num dia que se convencionou chamar "da boa vontade" e da "fraternidade"? Dostoiévski nem socialista seria, mas liberal. Sistemas não podiam seduzi-lo, dado o seu temperamento e o seu modo de viver. Os intelectuais têm que ser individualistas. Dostoiévski havia conhecido a extrema pobreza, as injustiças, tinha visto desgraças inúmeras, mas via o remédio não nas revoluções, mas nos homens, por si mesmos. Acreditava na pessoa humana como bom discípulo de Rousseau e George Sand. No Cristo amava o homem e não se preocupava com o Deus. Dentro da noite, na sua passagem para o desterro e para a desgraça, quando atravessava Tobolsk, uma senhora nobre (Natália von Vizine) lhe entregou um Evangelho.

Somente saiu do presídio em 1854. Do que foi a sua vida entre proscritos, caído de repente no mais fundo e mais negro dos infernos, ele nos dá notícias em *Memórias da casa dos mortos*, o livro que começou a escrever cinco anos mais tarde, e que sofreu limitações impostas pela censura. Durante quatro anos, leu um livro só: o Evangelho. Era-lhe interdito escrever a quem quer que fosse. Nas suas meditações deve-se ter-lhe imposto o problema do bem e do mal; pelo menos encontramos na sua obra de após a condenação essa preocupação constante. Sente-se um filho do século, um descrente, um cético, e tem esperança de que a desgraça o ajude a se certificar da verdade. Mas, conhecendo o Cristo, é iluminado por seu amor: "Deus me envia às vezes", diz ele em carta a Natália von Vizine, "instantes de perfeita calma... em que tudo para mim é claro e santo. Esse credo é simples: crer que não há nada de mais belo, de mais profundo, de mais simpático, de mais razoável, de mais viril, de mais perfeito que o Cristo... E mais, se me provassem que o Cristo está fora da verdade, que é certo que a verdade está fora do Cristo, eu preferia ficar com o Cristo a ficar com a verdade".

Foi esse o homem que saiu da prisão em 1854 e passou a servir no 7º Batalhão de Linha da Sibéria, guarnição de Semipalatinsk. Ali conheceu o funcionário Issaiev, de quem se tornou amigo, e por cuja mulher se apaixonou.

Em agosto de 1855, ocorre a morte de Issaiev, e eis o que podemos saber do seu romance, por intermédio do próprio Dostoiévski, que assim escreveria à "irmãzinha Varenka", Varvara, casada com um tal A. P.

Karepine: "... ela está viúva e órfã, no sentido absoluto da palavra. Bem entendido, meu amor por ela permanecia escondido, inexprimido; eu amava Alexandre Issaiev como um irmão, porém ela, com seu espírito e seu coração, não podia compreender meu amor, nem adivinhá-lo. Agora que ela está livre (há dezoito meses que perdeu o marido), a primeira coisa que fiz foi propor-lhe casamento. Ela me conhece, me ama e me estima. Desde que nos separamos, correspondemo-nos todas as semanas. Aceitou." Ele tem trinta e cinco anos, ela vinte e oito. Agora Dostoiévski carece desesperadamente de dinheiro, e o sim da bela viúva não foi dado tão simples e prontamente como pode parecer. Afirmam os biógrafos que foi depois de longas hesitações. A Varvara suplica que interceda por ele junto ao tio, escreve em seguida ao próprio tio, para que lhe arranje algum dinheiro, e lá para os fins de janeiro de 1857 um amigo lhe emprestou seiscentos rublos. Casou-se em fevereiro com Maria Dmitrievna. Em carta a Vrangel, de 9 de março, logo em seguida, portanto, já alude a embaraços e a imprevistos. Primeiro, o casamento e o retorno a Semipalatinsk lhe tomaram mais tempo do que esperava. Em Barnaoul, diante da esposa aterrorizada, teve uma crise que o quebrou física e moralmente. Disse-lhe o médico tratar-se da verdadeira epilepsia e que era necessário imediatamente um tratamento regular. Depois Maria Dmitrievna caiu doente.

A união tão longa e ardentemente desejada e esperada por Dostoiévski não foi feliz, e não se conhecem bem as causas das desinteligências havidas. Lubov, a filha de Dostoiévski, publicou suas memórias em Munique, e conta a propósito: "Depois da instalação em Semipalatinsk, Maria Dmitrievna soube arranjar um lar muito agradável que se tornou o asilo dos intelectuais dessa cidade. A felicidade da família não tinha sombras, mesmo quando do retorno para a Rússia europeia, porém tinha se tornado ilusória. A saúde de Maria piorava; foi preciso levá-la de São Petersburgo a Tver. E nesta cidade, quando ela já estava com um pé no túmulo, fez ao marido uma confissão terrível: ela o tinha desposado unicamente por cálculo, seduzida por sua glória literária e suas importantes relações; mas, na véspera mesmo de seu casamento, tinha passado a noite com o amante, jovem e belo, professor do filho, e essa ligação continuou depois do casamento. Ele a seguia sempre como uma sombra; desapareceu, sem deixar endereço, apenas quando a tuberculose a tinha desfigurado completamente. Maria Dmitrievna declarou ainda ao marido que não o amava e que o desprezava mesmo, como antigo forçado... Dostoiévski abandonou a mulher e foi para São Petersburgo."

Não se sabe o que pensar da veracidade de tal relato, porquanto Dostoiévski em 1865 escrevia ao seu amigo Vrangel, anunciando a morte dessa mulher: "Oh, meu amigo! Ela me amava infinitamente e eu a amava igualmente; entretanto, não vivíamos felizes juntos." Diz ele que por causa de seu caráter estranho, hipocondríaco e doentiamente fantasioso. Seu, dela. E acrescenta que era a mulher mais honesta, a mais nobre, a mais generosa de todas as que tinha conhecido. Além disso, o enteado, Paulo, ficara a cargo do escritor até o fim da sua vida.

Por outro lado, supõe-se que Dostoiévski não tinha generosamente perdoado e esquecido as faltas da mulher senão porque ele mesmo não estava em condições de atirar a primeira pedra. Com efeito, antes da morte de Maria Dmitrievna, outra mulher havia entrado em sua vida. Nova paixão, marcada por rompimentos brutais e reconciliações de uma inaudita violência. Dostoiévski havia sido reintegrado na posse de seus direitos em 1857, e em 1859 obtivera a autorização para viver em São Petersburgo. Conseguira que a censura autorizasse a publicação de *Memórias da casa dos mortos*, "com a condição de expurgo das expressões inconvenientes". O jornal *O Mundo Russo*, de Stellovski, iniciara a publicação. Em 1860 ocorre a saída de uma edição em dois volumes de suas obras.

Escreve por essa época *Humilhados e ofendidos* de estilo folhetinesco. Dostoiévski é do seu tempo e segue a corrente. De resto, pelo menos em política, havia rompido com os humanistas. Apesar do folhetinesco do romance, criou caracteres sem banalidade e mesmo nesse gênero elevou-se a um nível superior. Nesse romance concilia o melodrama sentimental e o drama social, a exemplo de Eugène Sue e Frédéric Soulié, que ele tanto admirou, como admirava também Dickens, Victor Hugo e Hoffmann, sendo que deste último encontramos no livro alguns toques.

Em janeiro de 1862 Dostoiévski assina contrato com Bazounov, para a edição separada de *Memórias da casa dos mortos*, cuja profundeza psicológica é impressionante. Pela primeira vez Dostoiévski vai ao exterior. Chega a Paris em junho de 1862. No ano seguinte, deixando em São Petersburgo Maria Dmitrievna muito doente, volta ao exterior em companhia do novo objeto de seu amor: Apolinária (Paulina) Suslova. A esse amor junta agora a paixão pelo jogo. No curso dessa viagem imaginou *Um jogador*. O que há de verdadeiramente aterrador em Dostoiévski é que seus livros são nutridos com a sua carne, o seu sangue, a sua alma, a sua vida, com todos os seus pensamentos e o seu sofrimento integral. Conheceu o "inferno da roleta", as dívidas, a falência, a humilhação. Sente que o homem é algo mais que um ser racional, que dissimula em si subterrâneos sem fundo. Sob esse ponto de vista ele é uma antecipação literária de Freud. Sente que a saúde não é o estado mais favorável às eclosões do gênio. Que nenhum paraíso na Terra, nenhuma prosperidade, nenhum palácio de cristal, nem capitalismo, nem socialismo, acalmarão sua sede de ideal, de fé e de amor. É um homem inquieto e atormentado. Todas essas verdades negativas estão na sequência de histórias imaginadas pelo homem do subsolo, o amante dos paradoxos, obra extraordinária e profunda. Nunca ninguém desceu tão fundo no fundo abismo da alma, como desceu Dostoiévski com essas "memórias escritas num porão". Deu-lhes os títulos de "O subsolo" e "A propósito da neve fundida". Como Dmitri Karamázov, personagem de um de seus romances, o homem humilhado do subsolo, ora contempla os cimos, ora o abismo. Aliás a humilhação é uma de suas constantes. Humilhados são os personagens de *Uma criatura dócil*, de *Os irmãos Karamázov*, de *Humilhados e ofendidos*.

Crê-se que Dostoiévski tenha refutado em *Notas do subsolo* o famoso livro de Tchernichevski: *Que Fazer?*, de doutrina socialista e materialista.

A expressão "vida viva", empregada em "O subsolo", vem-lhe dos eslavófilos, que por sua vez a tomaram de Hegel. A vida de um indivíduo não se torna verdadeiramente viva senão quando participa da vida comum do universo.

As obras de Dostoiévski tinham já tomado aquele tom que somente se pode chamar dostoievskiano, no sentido mais inquietante da palavra. São um conjunto de paradoxos e de personagens, das quais o que se pode dizer de mais piedoso é que são desequilibradas: casmurros, lunáticos, histéricos, maníacos, fanáticos, loucos. Ou então são monstros: a embriaguez, a mentira, o egoísmo, a vaidade, o despotismo são os seus pecados menores. Atingem no vício e no crime profundezas inimagináveis. De um de seus livros, *Os demônios*, dizia E. M. de Vogué, em 1886, que era "confuso, malconstruído, frequentemente ridículo, eivado de teorias apocalípticas". Nessa época mal se atreviam os homens a renunciar às exigências da claridade, ordem e razão que lhes vêm do Humanismo. Dostoiévski contribuiu precisamente para tirar a venda dos nossos olhos, e para o maior conhecimento do nosso espírito. A propósito dessa mesma obra, *Os demônios*, em carta à Senhora Ivanov, declara: "Estou certo de que escrevi uma obra da qual se falará ainda daqui a cem anos." E em outra ocasião, confessa que, sendo mais poeta que artista, sempre escolheu os temas acima das suas forças. Além disso, sempre premido pela necessidade de dinheiro, pela necessidade de trabalhar depressa, tinha medo de não poder deixar amadurecer as obras. Encontra-se esse temor por toda a sua correspondência. Essa necessidade lhe foi entretanto talvez um bem (quem sabe o que é bem, e o que é o mal?), pois sem ela talvez não tivéssemos dele o que temos hoje. Strakhov, seu amigo e biógrafo, disse ter observado nele certa preguiça para escrever, devido à concepção e ao movimento das ideias.

Põe-se também por essa época o problema do ateísmo, que explanou tanto em *Os demônios*, como em *Crime e castigo*. Em carta a Maîkov, diz: "O problema essencial que será tratado em todas as suas partes (*Os demônios*) é aquele que me atormentou consciente e inconscientemente a vida toda... é a existência de Deus." *Os demônios* era livro que deveria fazer parte de uma pentalogia com o título de "A vida de um grande pecador".

Mas Dostoiévski é múltiplo. Ele deveria ser trezentos e cinquenta, como esclareceu de si mesmo o nosso Mário de Andrade. Longo, longo seria o seu caminho até chegar a um. Trezentos e cinquenta era também a sua obra, num outro sentido. Além do problema de Deus, tratava de psicologia criminal e da influência do ambiente. Vimos, em *Crime e castigo*, como o quarto exíguo influiu sobre o estudante Raskolnikov. Ana Grigorievna, em nota marginal num exemplar da 7ª edição das obras de Dostoiévski (São Petersburgo, Tomo X, IV; 1906), escreve: "Fiódor Mikhailovitch estava persuadido que num apartamento exíguo até os pensamentos ficavam estreitos." Assim, estava pronto a se privar de tudo, contanto que tivesse ao menos duas peças espaçosas. Leia-se com atenção *Notas do subsolo*. De resto, era hábito do escritor ir e vir no quarto, enquanto meditava em suas obras, o que seria praticamente impossível em peças apertadas.

Esteve sempre atento à crônica judiciária, o que se pode ver no seu *Diário de um escritor*. Levantou-se várias vezes contra a teoria da não responsabilidade em matéria criminal. O fato de ser místico, o que parece lhe ter vindo de sua ascendência eslava, conferia uma importância extrema à expiação, como meio de ascender a uma vida perfeita. Sabe-se que relia sempre com emoção o livro de Jó, que exerceu forte influência sobre ele, e que dos Evangelhos lidos, relidos, decorados no presídio preferia o de São João. Não fosse ele poeta! Assim, *Os demônios*, sua obra mais completamente política, tem sobretudo um sentido profético. Reflete as inquietações religiosas do autor. E prenuncia já a tentação à qual Dostoiévski vai sucumbir: a fé no povo-deus.

Da multiplicidade de aspectos encontráveis na mesma obra do grande russo, dizia Pierre Pascal: "No melhor Dostoiévski sempre os planos se superpõem: a psicologia ou a psicopatologia embaixo e o ontológico por cima."

Dostoiévski teve necessidade de uma estenógrafa para terminar mais rapidamente *Um jogador*, prometido para uma data, e foi assim que conheceu em 1866 a que seria sua segunda mulher, Ana Grigorievna Snitkina.

"Eu o comecei a 4 de outubro", diz ele. "Minha estenógrafa, Ana Grigorievna Snitkina, uma moça de vinte anos, muito bonita, de boa família, tendo feito sólidos estudos no liceu, tem um caráter igual e bom. Nosso trabalho ia admiravelmente. A 28 de outubro *Um jogador* (já está impresso) estava terminado — em vinte e quatro dias. No fim do romance, notei que minha estenógrafa me amava muito sinceramente, se bem que ela nunca me tivesse dito nada; ela também me agradava cada vez mais. Como desde a morte de meu irmão a vida me pesa e me aborrece, então propus-lhe tornar-se minha mulher. Ela aceitou e estamos casados. A diferença de idade é enorme (de vinte para quarenta e quatro)."

Entrementes sua epilepsia piorou terrivelmente, e tem dívidas que o atormentam. Trabalha demais. É o que diz no resto da carta. Por ela sabemos da sua situação material e do seu estado de espírito, no momento do segundo casamento.

Ana é afetuosa e devotada, mas Dostoiévski ainda não está apaziguado. Faz à mulher violentas cenas de ciúme, e joga, joga, joga.

Mas eis que, de súbito, ele escreve: "Não creias que eu seja louco, Ana, meu anjo da guarda! Uma grande obra amadureceu em mim: esta fantasia imunda que me torturou durante dez anos desapareceu... Agora está tudo acabado. É verdadeiramente a última vez." E nunca mais jogou na roleta.

Em 1868, quando da publicação de *O idiota*, em que se definem as suas ideias filosófico-religiosas, tinha abandonado os ocidentalistas positivistas, e não resolvia seguir os eslavófilos convertidos à igreja ortodoxa. A corrente eslavófila não era unicamente uma doutrina visando o renascimento político de todos os eslavos, mas ainda uma filosofia nacional, implicando uma solução russa dos problemas sociais e morais. Decidiu-se por uma filosofia cristã. Os anos e as desgraças o haviam amadurecido. Ressente-se dos terríveis acessos cada vez mais frequentes de epilepsia. Sua viagem através da Europa lhe mostrara uma civilização burguesa, materialista, de que tem horror, porque ela mata a consciência e a personalidade. Tinha assistido em 1867 ao Congresso da Paz, em Genebra, onde representantes da Internacional, anarquistas, socialistas e também simples liberais, em discursos violentos, anunciavam o fim do velho mundo. Bakunine desejava o esmagamento da Rússia e a desagregação do Império. Um outro dizia que a fonte de todas as guerras estava no Evangelho. Dostoiévski teve a sensação de uma conspiração contra a Rússia e contra o Cristianismo.

O idiota traz a formidável intensidade religiosa de Dostoiévski, o seu pensamento sobre Deus e sobre o homem. Não é senão uma solução provisória do problema do homem bom, da nossa época. Dostoiévski, ao tratar da gênese da obra, alude a D. Quixote, o bom ridículo, ao Pickwick, de Dickens, esse também despertando interesse pelo ridículo. Afirma que Jean Valjean foi uma tentativa vigorosa de realização de um tipo de homem bom, mas suscita simpatia por sua terrível desgraça e pela injustiça da sociedade a seu respeito, e não por si próprio.

Dostoiévski, com o príncipe Myckine, nos deu o símbolo de Cristo, ou talvez a imagem analógica do Cristo. Encontramos em sua obra outras tentativas de homens bons: Aliocha, de *Os irmãos Karamázov*, e o *staretz* Zosima.

Poderíamos acrescentar, a título de curiosidade, que outra tentativa foi feita em nossos dias, que não alcançou a mesma profundeza; Larry, de *O fio da navalha*, de Somerset Maugham, mostra um homem bom da nossa época.

Dostoiévski teve a sua apoteose: foi o famoso discurso pronunciado em junho de 1880, na inauguração do monumento a Púchkin, depois do qual toda a Rússia o reconheceu como o mais alto representante do gênio literário russo.

Não foi então que ele morreu, mas paramos por aqui, pois não morrerá jamais. Com uma palavra sua é possível encerrar-lhe a vida melhor que com a morte. Quando foi visitado pelo jovem Merejkovski, de quinze anos, que leu seus livros, disse: "Para escrever bem, é preciso sofrer, sofrer."

Ruth Guimarães

CAPÍTULO 1
Veltchaninov

Chegou o verão e, contra toda expectativa, Veltchaninov permaneceu em São Petersburgo. A viagem que planejara ao sul da Rússia não fora possível; nem havia esperança de se entrever o fim de seu processo. Esse processo por uma propriedade já ia tomando feição desagradável. Três meses antes parecia muito simples e de êxito quase indiscutível. De repente, tudo se complicara. "E, em geral, tudo vai de mal a pior" — dizia frequentemente Veltchaninov, de si para si.

Tinha um advogado hábil, caro, de renome e não olhava as despesas. Mas a impaciência e uma espécie de desconfiança inquieta induziam-no a intervir pessoalmente na questão, a redigir memoriais que o advogado atirava ao cesto; não saía das repartições, pedia continuamente esclarecimentos, e provavelmente não fazia senão retardar as coisas. Pelo menos o advogado queixava-se; e insistia em que seu constituinte fosse veranear, ainda que nos arredores da cidade. A poeira, o calor sufocante, as noites maldormidas de São Petersburgo, tão enervantes, era o que ele desfrutava na capital. Também não tivera sorte com o apartamento que alugara havia pouco, situado em uma rua qualquer, perto do Grande Teatro.

— Nada me sai bem!

Sua melancolia agravava-se continuamente. Veltchaninov tinha, aliás, desde muito tempo, certa tendência para esse estado mental.

Era homem que vivera muito e folgadamente. Já deixara para trás a primeira mocidade. Contava trinta e oito, ou trinta e nove anos; e, segundo dizia, "a velhice viera-lhe quase de surpresa". Veltchaninov compreendia, porém, que não era o número e sim a qualidade desses anos que o envelhecia, e que a causa de seus males era principalmente interior. De aspecto muito vigoroso, alto, robusto, Veltchaninov não tinha um fio branco nos cabelos de um louro claro nem nas longas barbas que lhe desciam quase até a metade do peito. À primeira vista, parecia um tanto pesado e desajeitado. Observado mais de perto, logo se reconhecia nele o cavalheiro experimentado, o homem de sociedade e, apesar do ar de contrariedade e do jeito negligente que assumira, um homem tratável, digno, elegante, de um aprumo inalterável, de um desembaraço aristocrático que beirava pela insolência e de cujo alcance ele próprio não desconfiava, embora fosse inteligente, fino, bastante culto e inegavelmente talentoso. Seu rosto franco e corado distinguira-se, não havia muito, por uma carnação delicada que atraía as atenções femininas. Mesmo depois, não faltava quem, ao vê-lo, exclamasse:

— Belo rapaz! Parece de sangue e leite!

Entretanto, o "belo rapaz" sofria de uma melancolia cruel. Dez anos antes, seus olhos azuis eram olhos de conquistador — claros e risonhos, que atraíam involuntariamente quem se cruzasse com seu olhar. A aproximação dos quarenta anos banira deles a luz, a bondade; e orlara-os de rugas miúdas. E eles já refletiam o cinismo do homem cansado, um tanto imoral, a astúcia, mais frequentemente o sarcasmo e, por último, uma gradação nova que antes não tinham, uma expressão de tristeza e de dor, uma tristeza vaga, por assim dizer sem objeto, porém profunda.

Ela manifestava-se, quando Veltchaninov ficava só. Fato estranho: esse homem, dois anos antes tão expansivo, alegre, estouvado, contador de histórias divertidas, passara a ter unicamente um gosto — o prazer de estar só. Negligenciara deliberadamente numerosas relações que bem poderia conservar, a despeito do estado precário de seus haveres. Muito concorrera para isso a vaidade; sua desconfiança inquieta e sua vaidade inibiam-no de continuar a cultivar as amizades de outrora. Mas, pouco a pouco a solidão também lhe transformou a vaidade. Em vez de se atenuar, ela assumiu uma forma nova, muito peculiar; diferentes nos motivos que a feriam em outro tempo eram as razões que ora o humilhavam; razões imprevistas, superiores às que dantes o impressionavam.

— Se é lícito exprimir-se assim, se é que existem razões superiores e inferiores — acrescentava ele consigo.

Sim, chegara àquilo: debatia-se sabia lá com que razões "superiores" que, antigamente, nem lhe mereciam atenção. Para seu espírito, para sua consciência, eram "razões superiores" todas as que não lhe davam motivo (com grande surpresa sua) de ridicularizá-las. Oh! Em sociedade, era bem outra coisa! Veltchaninov tinha plena consciência de que, na primeira oportunidade, renunciaria abertamente a todas essas "razões superiores", a despeito das resoluções secretas e piedosas de sua consciência; e seria o primeiro a zombar delas, guardando-se, no entanto, de confessá-lo a si próprio, naturalmente.

Aquilo passava-se assim, com efeito, apesar da considerável independência de pensamento que, ultimamente, ele conseguira conquistar sobre as "razões superiores" que outrora o dominavam. Quantas vezes, aliás, levantando-se de manhã, envergonhava-se das ideias e dos sentimentos que o assaltavam nas suas noites de insônia — nos últimos tempos. Veltchaninov sofria constantemente de insônia. Havia muito, vinha notando que se deixava tomar de escrúpulos e desconfiança, quer em assuntos importantes, quer se tratasse de meras tolices; e decidira fiar-se o menos possível em si próprio. Davam-se, porém, fatos cuja realidade não seria possível contestar. Ultimamente, por vezes durante a noite, seus pensamentos, suas sensações comuns sofriam uma transformação quase completa; já não se pareciam absolutamente com o que ele pensara e sentira, nas primeiras horas do dia. Isso impressionava-o; induziu-o mesmo a consultar um médico famoso que, aliás, ele conhecia pessoalmente. Contou-lhe o que lhe sucedia, em tom jovial, com muita naturalidade. Ficou sabendo assim que a transformação, o próprio desdobramento das ideias e das sensações, durante a insônia, é fenômeno muito comum entre os que "sentem e pensam intensamente"; que as convicções de uma existência inteira se modificam rapidamente sob a influência de uma noite de vigília; que sucedia que se tomavam as mais fatais resoluções de repente, sem nexo algum. Entretanto, há medida para tudo; se o paciente se ressentir desse desdobramento com intensidade que o faça sofrer, é sintoma incontestável de verdadeira enfermidade; e, nesse caso, cumpre agir sem demora. O melhor seria a modificação radical do modo de vida; mudar de regime, ou empreender uma viagem. Também não faria mal um bom purgativo.

Veltchaninov não quis ouvir mais; sua moléstia estava caracterizada.

— Logo, tudo isto é doentio; as "razões superiores" não passam de efeitos do meu mal e nada mais! — exclamou ironicamente.

Custava-lhe admiti-lo.

Em breve, porém, o que só sentia de noite e excepcionalmente começou a manifestar-se de manhã, com mais intensidade e mais azedume; e nas horas matinais, o remorso cedia lugar à cólera, à comoção, ao sarcasmo.

Eram, em suma e mais e mais a miúdo, fatos de sua vida anterior que lhe vinham à memória de maneira muito particular: "sem mais nem menos e sabe Deus por quê". Havia muito, por exemplo, que Veltchaninov se queixava de perda de memória; esquecia a fisionomia de pessoas conhecidas, e elas, encontrando-o, sentiam-se magoadas; às vezes, esquecia-se totalmente do livro que lera seis meses antes. Pois bem, a despeito dessa evidente e quotidiana perda de memória, que muito o preocupava, tudo o que se relacionasse com seu passado distante, acontecimentos completamente esquecidos desde dez ou quinze anos, surgiam-lhe de súbito na mente, com tal precisão de pormenores e vivacidade de impressão, que era como se os revivesse. Alguns desses casos estavam tão esquecidos, que o próprio fato de os relembrar tinha aparência de milagre. Mas ainda não era tudo; quem, afinal de contas, haverá entre os que viveram intensamente, que não tenha recordações de certo gênero? O importante era que, ressuscitando esse passado, ele se apresentava sob ângulo totalmente novo, imprevisto, que nem poderia passar pela cabeça de Veltchaninov. Por que algumas dessas recordações lhe apareciam já agora sob o aspecto de verdadeiros crimes? E não se tratava somente de um juízo de sua inteligência; ele não confiaria no seu espírito tristonho, solitário, doentio. Chegava a ponto de se amaldiçoar, quase de chorar; se não lhe corriam lágrimas, eram pelo menos soluços interiores. Dois anos antes, Veltchaninov não acreditaria, se lhe dissessem que poderia chorar. A princípio, aliás, suas recordações costumavam ser mais amargas que sentimentais; ele se lembrava de certas decepções sociais e humilhações. Recordava-se, por exemplo, das "calúnias de um intrigante", em consequência das quais deixara de ser bem acolhido em certa casa. Vinha-lhe também à lembrança o episódio em que, pouco tempo antes, fora clara e publicamente ofendido sem exigir uma reparação pelas armas; bem assim o dia em que fora alvo, em presença de belas mulheres, de uma censura mordaz, à qual não soubera retrucar. E relembrava também duas ou três dívidas não solvidas, insignificantes, sim, mas débitos de honra, contraídos com gente que deixara de visitar e da qual passara a fazer más ausências. Torturava-o igualmente — só, em verdade, nos momentos piores — a ideia de haver esbanjado estupidamente duas fortunas, ambas importantes. Em breve, porém, as recordações do passado cingiram-se a assuntos de índole mais "elevada".

Subitamente, por exemplo, sem nenhum motivo, depois de longo esquecimento, veio-lhe à memória um funcionário modesto, idoso, grisalho, um tanto ridículo, que muito tempo antes ele insultara pública e impunemente, de pura fanfarronice, só pelo gosto de criar um dito espirituoso que lhe valeu certa reputação e mais tarde foi repetido. Esse fato estava tão profundamente escondido em sua memória, que não lhe era possível recordar o nome do velhote, embora todas as circunstâncias do episódio lhe surgissem de repente no espírito, com nitidez singular. Veltchaninov lembrava-se perfeitamente de que o homenzinho interviera em defesa da filha solteira, já idosa, que morava com ele; corriam na cidade boatos maldosos a seu respeito. O pai tentara replicar, indignar-se; mas, de súbito, rompera em soluços, à vista de todos, causando até certa impressão. Os presentes terminaram o caso em troça, embriagando o velho com champanha e divertindo-se à custa dele. Evocando-o assim à toa, no ato de soluçar e esconder a cabeça nas mãos como uma criança, Veltchaninov juraria que nunca o esquecera. E, coisa estranha, o que então lhe parecera tão divertido era nesse momento bem o contrário; particularmente certos pormenores, como esse do rosto escondido nas mãos.

Veltchaninov lembrou-se igualmente de ter caluniado, por mera vontade de brincar, a encantadora esposa de um professor; e a calúnia chegara ao conhecimento do marido. Como deixara pouco depois a cidadezinha, Veltchaninov nunca soubera das consequências de sua leviandade. Recordando-se do episódio, pusera-se de repente a imaginá-las; sabe Deus aonde o levaria a imaginação, se não lhe acudisse de súbito à mente a lembrança mais recente da mocinha insignificante de quem nem sequer gostava e até, a sermos francos, se envergonhava, mas com a qual tivera um filho, quase sem dar por isso; abandonara a mãe e a criança, sem se despedir (para falar a verdade, não lhe sobrara tempo para isso), quando seguira para São Petersburgo. Mais tarde tentara um ano inteiro encontrar a moça; sem resultado. Tinha, aliás, a bem dizer, centenas de recordações desse gênero; e a impressão de que cada uma delas arrastava após si dezenas de outras. Pouco a pouco, sua vaidade também começou a sofrer.

Já dissemos que a vaidade de Veltchaninov assumira feição muito peculiar. Havia, com efeito, momentos — raros, aliás — de indiferença tão total, que ele nem sequer se envergonhava de não ter carruagem, de se arrastar a pé de uma a outra repartição, de andar desalinhado. Se algum antigo conhecido o medisse na rua com um olhar irônico, ou simplesmente fizesse de conta que não o conhecia, Veltchaninov teria, em verdade, altivez bastante para não se mostrar nem se sentir despeitado. Evidentemente, o caso era um tanto raro; apenas breves minutos de distração, de irritação. Em consequência, aos poucos, sua vaidade se desprendia das coisas que outrora a influenciavam, para se concentrar em torno de um único objeto que lhe ocupava constantemente o pensamento.

"Pois bem", dizia ele para si mesmo, em tom irônico (em geral, pensando em si, usava de um tom irônico), "deve haver no Além quem se preocupe com o meu estado moral e me mande estas malditas recordações, estas 'lágrimas de arrependimento'! Seja! Mas isso não adianta; é pura perda. Acaso não sei com certeza que, a despeito destes remorsos lacrimosos e da severidade com que me julgo, apesar de meus estúpidos quarenta anos, não gozo da menor independência? Se a mesma tentação tornar a oferecer-se amanhã e, se as circunstâncias forem as mesmas, se eu tiver, por exemplo, interesse em espalhar a versão de que a mulher do professor aceita meus presentes, eu a caluniaria outra vez, sem hesitar. E seria pior e mais vil do que a primeira, porque esta seria a segunda vez. Se o principezinho, filho único de sua mãe, de quem há onze anos quebrei a perna com um tiro de pistola, tornasse a ofender-me, eu o provocaria logo e lhe faria presente de outra perna de pau... Não é, pois, pura perda? Que utilidade tem? Que adiantam as recordações, se nem mais ou menos consigo emancipar-me de mim mesmo?"

Se bem que o caso da mulher do professor não se repetisse e Veltchaninov não tivesse ensejo de presentear ninguém com outra perna de pau, só de imaginar que em circunstâncias favoráveis tudo se repetiria infalivelmente, só de pensar nisso ele estarrecia; essa ideia quase o matava, às vezes. Com efeito, não é possível estar continuamente sob o domínio de recordações penosas; convém descansar, passear, durante os entreatos.

Era o que fazia Veltchaninov. Estava prestes a passear durante os entreatos; mas a existência em São Petersburgo tornava-se mais e mais intolerável para ele. Não tardaria o mês de julho. Por vezes, ele tomava subitamente a resolução de largar tudo, o próprio processo e partir imediatamente, fosse para onde fosse, para a Crimeia por exemplo, e esquecer. Em geral, porém, uma hora depois desistia, zombava de seu projeto:

"Viagem alguma poderá curar-me destes pensamentos odiosos, já que eles me acudiram e assim não sou de todo desonesto; não há, portanto, como fugir deles. Aliás, por que fugiria?"

"Sim, por que fugiria deles?", continuava, filosofando amargamente. "Aqui, sufoca-se de poeira; esta casa é imunda. Nas repartições, onde perco meu tempo entre homens de negócio, há tanta agitação inútil, tantas preocupações mesquinhas! Toda essa gente ficou, todas as caras que encontramos de manhã à noite, refletem um egoísmo a tal ponto ingênuo, tão confesso, um cinismo tão inocente, toda a covardia de suas almas inferiores, toda a vileza de seus corações insignificantes, que em verdade é aqui o paraíso do triste. Tudo é visível, tudo é franco; ninguém cuida de disfarçar o que quer que seja, como fazem nossas damas no campo, nas estações de águas, no exterior. Logo, tudo é muito mais digno de estima aqui, nem que fosse só por esta franqueza, por esta simplicidade. Não saio daqui, não! Nem que rebente! Não irei a parte alguma!"

CAPÍTULO 2
O Cidadão de Chapéu Cintado de Crepe

Era o dia 13 de julho. Fazia calor sufocante, insuportável. Foi um dia confuso para Veltchaninov, que teve de correr a manhã inteira de um lado para outro, ora a pé, ora de carro; e, à noite, custasse o que custasse, teria de se avistar com uma personalidade que lhe poderia ser muito útil: um homem de negócio, conselheiro de estado, que ele tencionava apanhar de surpresa na casa de campo, à margem do rio Negro. Finalmente, pelas seis horas, Veltchaninov entrou em um restaurante — de aparência duvidosa, embora francês — na Perspectiva Nevski, perto da ponte da polícia. Sentou-se em seu canto, à mesa habitual, e encomendou o jantar que lhe custava um rublo; sendo o vinho pago à parte, ele raramente o tomava; e considerava essa abstinência um sacrifício voluntário e prudente ao mau estado de seus negócios. Estranhando ele próprio que se pudesse comer os horrores servidos nessa casa de pasto, devorava-os, no entanto, até a última migalha; e sempre com o apetite de quem não come há três dias.

— Isto é doentio — murmurava ele, quando lhe sucedia reparar em sua fome insaciável.

Nesse dia, porém, sentou-se mal-humorado, atirou com raiva o chapéu a um canto, apoiou os cotovelos na mesa e ficou pensando. Se o vizinho de mesa fizesse o mínimo ruído, ou se o garçom não o compreendesse logo, Veltchaninov, que sabia ser tão amável e, sendo preciso, tão impassível e altivo, sem dúvida armaria alvoroço, como um simples sargento inferior — se não chegasse mesmo a provocar escândalo.

Servida a sopa, apanhou a colher; mas arremessou-a brutalmente à mesa e quase pulou na cadeira. Uma ideia imprevista iluminara-lhe de repente o espírito; no mesmo instante, ele compreendeu — sabe Deus como! — a causa de sua angústia, dessa angústia estranha, singular, que o torturava desde certo tempo, que vinha sabe Deus de onde, que o oprimia, sem tréguas, Deus sabe por quê! E, de súbito, tudo se lhe esclarecia, parecia-lhe tão simples como os cinco dedos da mão.

— É o chapéu! — murmurou ele, como que iluminado. — Unicamente esse maldito chapéu redondo, com seu desagradável crepe, a causa de *tudo*!

Veltchaninov pôs-se a refletir; à medida que refletia, ensombrava-se mais; e o "acontecimento" tornava-se aos seus olhos cada vez mais estranho.

— Mas... será mesmo um acontecimento? — tentou objetar Veltchaninov, não se fiando em si próprio. — Há nisto alguma coisa que se pareça com um acontecimento?

Eis o que se passara: cerca de duas semanas antes (ele não se lembrava bem, mas tinha ideia de que fossem duas semanas) sucedera-lhe encontrar pela primeira vez, na rua, não longe da esquina da Podiatcheskaîa com Méstchannskaîa, um senhor de chapéu cintado de crepe. Era um cidadão como qualquer outro, nada tinha de particular; andava depressa, mas olhava Veltchaninov com certa insistência, o que logo chamara a atenção deste. Fosse quem fosse, aquela cara não lhe era estranha; Veltchaninov tinha certeza de que já a vira em algum lugar.

— Aliás, encontrei milhares de caras, em toda a minha vida. Não é possível lembrar-me de todas...

Vinte passos adiante, apesar da vivacidade da primeira impressão, ele julgara ter esquecido esse encontro. Mas a impressão perdurou; perseguiu-o o dia todo, sob a forma de uma irritação estranha, sem motivo. Eis que, duas semanas depois, lembrava-se de tudo aquilo nitidamente, inclusive de que não compreendera, no momento, de onde lhe viera aquela irritação, a ponto de não estabelecer nenhuma coincidência entre seu mau humor nessa noite e o encontro dessa manhã. Mas o homem parecia ansioso de se fazer lembrado; no dia seguinte, Veltchaninov tornou a encontrá-lo na Perspectiva Newsky e notou que ele o olhava da mesma maneira estranha. Veltchaninov cuspiu de raiva; e seu gesto logo o surpreendeu. Na verdade, há fisionomias que podem causar, à primeira vista, uma aversão instintiva, sem razão.

— Sim, vi esse homem em alguma parte — murmurou Veltchaninov, pensativo, meia hora depois do segundo encontro.

E passou a tarde num estado de ânimo detestável. Teve até um mau sonho; apesar disso, não lhe ocorreu que esse novo e estranho mal-estar fosse consequência do encontro com o homem de luto, por mais que se lembrasse dele várias vezes. Irritava-o que "bobagens desse tipo" lhe ocupassem tanto tempo a memória. E sentir-se-ia muito vexado, se lhe acudisse a ideia de responsabilizar o desconhecido pelo seu mau humor.

Dois dias depois, tornaram a encontrar-se em meio a um mundo de gente que descia de uma barca do Neva. Era a terceira vez; e Veltchaninov juraria que o homem de luto o reconhecera e dirigia-se para ele, procurando vencer a multidão que o arrastava; salvo engano, "atrevera-se" até a estender-lhe a mão e pronunciar-lhe o nome. Disso, porém, Veltchaninov não tinha certeza.

"Quem é esse canalha? Por que não vem francamente a mim, se me conhece e tem tamanha gana de se chegar?", pensava ele, furioso, tomando o carro, para ir ao convento de Smolny.

Meia hora depois travava uma discussão violenta com seu advogado. Nessa mesma noite, uma angústia atroz tornou a sufocá-lo.

"Não será um derrame de bílis?" — perguntava a si mesmo, preocupado, olhando-se no espelho.

Era o terceiro encontro. Pelo espaço de cinco dias, Veltchaninov não tornou a ver "ninguém"; o "canalha" não deu sinal de vida. Mas de quando em quando, bem que se lembrava do homem de luto; e não sem estranheza.

"Tenho tanta vontade assim de tornar a ver esse tipo? Hum!... Talvez ele também tenha... Tem muito que fazer em São Petersburgo. E por quem estará de luto? Evidentemente, ele me reconhece; e eu não consigo reconhecê-lo. Por que um homem desses usa crepe? Não lhe assenta... Tenho a impressão de que, se o visse mais de perto, poderia identificá-lo..."

Mas alguma coisa lhe aflorava à memória, como quando procuramos lembrar-nos de uma palavra familiar, subitamente esquecida. Sabe-se o seu sentido, tateia-se em torno dela; e, apesar de todos os esforços, ela não se deixa apanhar.

— Foi... Faz tanto tempo!... Sim: foi em... Havia lá... havia lá... Oh! Vá para o diabo! — rosnou Veltchaninov de repente, furioso. — Vale a pena sujar-me assim, humilhar-me por um canalha?

Estava fulo de raiva. Nessa noite, porém, recordando-se subitamente desse acesso de fúria "tão terrível", não gostou. Era como se o tivessem apanhado em flagrante delito. Veltchaninov sentiu-se desconcertado e estranhou-se.

— Há de haver um motivo para eu me danar assim... por nada... por uma lembrança vaga...

Não concluiu a reflexão.

No outro dia, aliás, danou-se mais. Dessa vez, porém, achava que sua cólera era motivada e que tinha perdido toda a razão.

— É um desaforo absurdo!

Dera-se o quarto encontro. O homem de luto aparecera outra vez como se brotasse do solo. Veltchaninov topara finalmente na rua com o Conselheiro de Estado, de quem precisava tanto, que procurava havia tanto tempo, a ponto de persegui-lo até na residência particular. Essa personalidade, que mal o conhecia, evitava-o por todos os meios, não se deixava apanhar, escondia-se dele. Regozijando-se de encontrá-lo, enfim, Veltchaninov pusera-se a andar ao lado do dignitário solícito, encarando-o, concentrando toda sua energia em levar o velho "muito vivo" para determinado assunto, contando com que ele se descobrisse e pronunciasse as palavras importantes e tão esperadas. Mas o "velho muito vivo" também tinha sua ideia: sorria e calava. E justamente nesse instante crítico, o olhar de Veltchaninov distinguiu, na calçada fronteira, o cavalheiro de chapéu cintado de crepe, parado, olhando-os com atenção. Seguia-os evidentemente: e parecia até zombar deles.

— Diabos o levem! — rugiu Veltchaninov, furioso.

Acabava de deixar o conselheiro e já atribuía seu insucesso à aparição repentina do "insolente".

— Diabos o carreguem! Acaso me está espiando? Ele me segue, não há dúvida. Será que o pagam para isso? E... Sim, por Deus! Ele fazia troça de nós! Que vontade de lhe dar umas bordoadas! Que pena eu não ter bengala! Comprarei uma! Não! Isto não acaba assim! Quem é esse sujeito? Hei de saber quem é!

Afinal, exatamente três dias depois do quarto encontro, vamos achar Veltchaninov em seu restaurante, como o descrevemos, preocupado, um tanto aturdido. Depois de examinar bem as circunstâncias vira-se forçado a admitir que a causa única de seu mau humor, de sua angústia *tão singular,* de todas as emoções dessas duas semanas, não era senão o homem de luto, "apesar de sua perfeita insignificância".

"Sei que sou hipocondríaco", pensava Veltchaninov, "e que, portanto, estou sempre pronto a ver na mosca um elefante; mas acaso é menos penoso porque posso dizer a mim mesmo que não passa de pura sugestão? Se o primeiro canalha com quem topamos tem o direito de nos tirar o sossego, então... então..."

Efetivamente, nesse dia (era o quinto encontro) o elefante mais parecia uma mosca. Como de hábito, o homem de luto passara muito depressa e, desta vez, sem olhar Veltchaninov, sem dar mostras de que o reconhecia, de olhos baixos, como quem também não faz questão de que o reconheçam. Veltchaninov gritara atrás dele:

— Eh, homem de luto! Deu-lhe agora para se esconder? Quem é você?

A pergunta era tola, tanto quanto os gritos. Mas Veltchaninov só deu por isso depois de gritar. O indivíduo chamado voltou-se, perturbado; sorriu, tentou dizer alguma coisa, fazer um gesto. Teve, decerto, um momento de indecisão extrema, deu meia-volta e sumiu-se, sem se voltar para trás. Veltchaninov, estupefato, seguiu-o com o olhar.

"Afinal de contas", pensou, "talvez ele não queira nada comigo. Sou eu, provavelmente, quem o persegue e tudo não passa disso..."

Depois do jantar, foi ao palacete do conselheiro. Não lhe pôde falar. Disseram-lhe que ele "saíra de manhã e dificilmente voltaria antes das quatros horas da madrugada, pois ficara na cidade para festejar o aniversário de um amigo". Veltchaninov sentiu-se tão "ofendido" que, no primeiro instante de raiva, decidiu ir à casa do herói da festa. Chegou a tomar um carro. Mas, caindo em si, achou que exagerava. Pagou o cocheiro, na metade do percurso, e arrastou-se a pé até sua residência, próxima ao Grande Teatro. Tinha necessidade de uma boa caminhada. Para acalmar os nervos superexcitados, precisava de dormir nessa noite, custasse o que custasse; e, para combater a insônia, tinha de se fatigar. Chegou, pois, a casa pelas dez e meia da noite, porque o percurso era extenso e, de fato, cansara-o extremamente.

O apartamento que alugara em março, que injuriava e criticava acerbamente, desculpando-se consigo mesmo, repetindo que ele "não passava de um acampamento", motivado pelo "maldito processo" que o prendia momentaneamente em São Petersburgo, esse apartamento não era, afinal, tão incômodo nem tão feio como ele pretendia. A entrada pela porta de serviço talvez fosse um tanto escura e "mal asseada"; mas o aposento, no segundo andar, constava de duas peças espaçosas, claras, de teto alto, separadas por uma antessala sem janela. Uma dava para a rua; a outra, para o pátio, contígua a um terceiro cômodo menor, destinado a ser um dormitório. Veltchaninov atulhara-o desordenadamente de livros e papéis, e dormia em uma das peças maiores, a que dava para a rua. Ali faziam-lhe a cama no divã. Além dos móveis — bons, embora usados —, havia certos objetos de preço, restos de um passado de esplendor: porcelanas, bronzes, tapetes persas autênticos e dois bons quadros; mas tudo desarrumado, coberto de pó. E não seria possível encontrar o que quer que fosse no lugar, desde que a jovem Pelágia, a arrumadeira, fora visitar a família em Novgorod, deixando o patrão entregue a si mesmo. A estranha situação dessa moça em casa de um celibatário, homem de sociedade, empenhado em guardar certas aparências, constrangia Veltchaninov, embora ele estivesse muito satisfeito com os serviços dela, que datavam de quando alugara o apartamento, na primavera, pois a família a que ela servia seguira para o exterior. Imediatamente, a jovem estabelecera certa ordem no lugar; mas, durante sua ausência, Veltchaninov não quisera outra arrumadeira; e, como detestava os lacaios, quem lhe arrumava todas as manhãs a casa era Mavra, a irmã da porteira. Veltchaninov entregava-lhe a chave, ao sair; ela não fazia absolutamente nada, recebia regularmente o ordenado e, por certo, ainda por cima o roubava. Todavia, Veltchaninov tornara-se indiferente; folgava, aliás, de estar completamente só em sua casa. Entretanto, há um limite para tudo; e, às vezes, nos "derrames de bílis", seus nervos negavam-se a suportar mais tempo aquela "sujeira"; entrar em casa causava-lhe sempre uma repugnância profunda.

Nessa noite porém, Veltchaninov cuidou só de se despir e deitar. Ainda irritado, empenhou-se em não pensar, em dormir o quanto antes; e, por incrível que pareça, adormeceu, mal pousou a cabeça no travesseiro. Fazia mais de um mês que isso não lhe sucedia.

Dormiu cerca de três horas, se bem que um sono muito agitado, com sonhos extravagantes como pesadelos de febre. Referiam-se estes a um crime praticado e escondido por ele, do qual o acusavam unanimemente pessoas vindas não se sabia de onde, que entravam em procissão dentro de sua casa. Os acusadores já formavam multidão, mas continuavam a chegar novos grupos, e ninguém fechava a porta escancarada. E todo o interesse concentrava-se num personagem singular que ele conhecera e já não era deste mundo; entretanto, ali estava, entrando-lhe no quarto. O mais penoso era que Veltchaninov não sabia quem era essa pessoa; esquecera-lhe o nome, não conseguia recordá-lo; sabia só que lhe tivera outrora muita amizade. Dir-se-ia que o ajuntamento estava esperando unicamente dessa pessoa uma palavra definitiva, para condenar ou absolver Veltchaninov; e a impaciência era geral. Mas o homem permanecia sentado, imóvel; recusava-se a falar. O alarido não cessava, aumentava a agitação. De súbito, num acesso de fúria, Veltchaninov surrara o homem que teimava em guardar silêncio, e sentia um prazer singular em bater-lhe. Totalmente exasperado, bateu mais uma, duas vezes. Cego de raiva e de medo, tomado de uma espécie de insânia, ela também repassada de gozo infinito, parou de contar os golpes, pôs-se a bater sem pausas. Queria destruir *aquilo, destruir tudo.* Sobreveio, porém, um fato novo: toda aquela gente rompeu em gritos e voltou-se para a porta, como se aguardasse alguma coisa; nisso, a campainha tocou três vezes com tamanha fúria, como só tocaria se alguém tentasse arrancá-la.

Veltchaninov acordou, voltou imediatamente a si, pulou da cama, correu à entrada. Tinha certeza de que o toque de campainha não era ilusão; alguém tocara, sem dúvida.

— Não seria natural que um som tão claro, tão palpável, fosse uma ilusão...

Mas verificou, sumamente surpreso, que o toque de campainha não passava de continuação do seu sonho. Veltchaninov entreabriu a porta, saiu ao patamar, espreitou a escada: ninguém! O cordão da campainha pendia, imóvel. Satisfeito, embora estranhasse aquilo, Veltchaninov voltou ao quarto. Acendendo a vela, recordou-se de que a porta estava só encostada; ele não a fechara a chave nem correra o ferrolho. Sucedia-lhe, frequentemente, ao chegar à noite, esquecer-se de girar a chave na fechadura. Não se preocupava com isso, mas Pelágia muitas vezes o advertira.

Em consequência, ele voltou à entrada, para fechar a porta; abriu-a mais uma vez, olhou em derredor e correu o ferrolho, esquecendo-se, no entanto, de dar volta à chave. O relógio da parede deu duas horas e meia. Veltchaninov dormira três horas.

O pesadelo perturbara-o tanto, que ele não quis deitar-se logo. Resolveu andar meia hora no quarto, "o tempo de fumar um cigarro". Vestiu-se sumariamente, chegou à janela, levantou o reposteiro pesado e o *store* branco. Já amanhecia.

As luminosas noites de verão de São Petersburgo sempre lhe excitavam os nervos e, ultimamente, lhe agravavam a insônia. Por isso ele mandara colocar nas janelas essas guarnições pesadas, que não deixavam penetrar nenhuma luz.

Deixando os reposteiros abertos e a vela acesa, Veltchaninov pôs-se a andar de um lado para outro, sempre sob a influência de uma sensação opressiva e penosa. Ainda não se dissipara a impressão do pesadelo. A ideia de que ele pudera levantar a mão contra aquele homem e bater-lhe, afligia-o seriamente.

— Mas esse homem não existe! Nunca existiu! É apenas um sonho. De que me queixo?

Febrilmente, como se todos os seus receios convergissem para esse ponto, Veltchaninov começou, então, a imaginar que decididamente estava enfermo.

— Um homem doente!

Sempre lhe custava confessar a si mesmo que murchava e envelhecia; e, nos maus momentos, exagerava ardilosamente seus males, para se torturar.

— É a velhice. Estou mesmo envelhecendo — murmurava, passeando pelo quarto. — Perco a memória, vejo fantasmas, tenho pesadelos, ouço em sonho a campainha tocar... Demônios! Sei, por experiência, que esses sonhos são, em mim, sinais de febre... Estou convencido de que toda essa *história* do crepe talvez não seja senão um sonho. Decididamente, ontem acertei: sou eu que ando atrás desse sujeito; não é ele que me persegue. Imagino a seu respeito um poema; depois, tomado de pavor, escondo-me debaixo da mesa. E por que o considero um canalha? Talvez seja até homem de bem. Na verdade, aquela cara é muito desagradável; entretanto, nada tem de particularmente antipática; e ele veste-se como os outros. Mas há qualquer coisa em seu olhar... Pronto! Lá vou eu outra vez! Já estou pensando de novo nesse homem! Que me importa seu olhar? Não poderei viver, sem me lembrar desse bandido?

Dentre os vários pensamentos que lhe cruzavam a mente, um lhe causou sensação particularmente penosa: a quase certeza de que o homem de luto outrora o conhecera intimamente; se nesses dias, ao encontrá-lo, tomava esse ar zombeteiro, era porque estava a par de um dos segredos importantes de seu passado e porque o via tão decaído.

Veltchaninov chegou-se à janela; quis abrir a vidraça, respirar o ar noturno... De súbito, estremeceu, sob a impressão de estar assistindo a uma coisa nunca vista, prodigiosa.

Não tivera tempo para abrir a janela; escondeu-se no vão e espiou. Na calçada deserta, fronteira ao prédio, acabava de avistar o homem de chapéu cintado de crepe, imóvel, com os olhos cravados nas janelas do apartamento. Naturalmente, não vira Veltchaninov. Parecia estar pensando e, ao mesmo tempo, examinava a casa com curiosidade. Dir-se-ia que o homem hesitava, discutia consigo. Levantou a mão, tocou a testa com o dedo, pareceu decidir-se: lançou em torno de si um olhar disfarçado; depois, na ponta dos pés, encolhendo-se todo, atravessou rapidamente a rua... Sim, sim: entrava no pátio pela pequena porta que no verão ficava às vezes aberta quase até as três horas da madrugada.

"Ele vem para cá", pensou logo Veltchaninov.

Correndo igualmente na ponta dos pés, precipitou-se para a antessala. Parou diante da porta, com todo o ser tenso na expectativa, a mão trêmula pousada no ferrolho, o ouvido atento ao rumor de passos na escada.

O coração pulsava-lhe com tanta força, que ele receava não ouvir o homem subindo pé ante pé. Não compreendia o que se passava; sentia, no entanto, com intensidade decuplicada. Era como se o sonho se confundisse com a realidade. De natureza corajosa, Veltchaninov levava às vezes o desdém do perigo até a bravata, mesmo quando ninguém o via, para seu exclusivo prazer. Nesse momento, porém, havia mais uma coisa: o melancólico inquieto, lamuriento, de pouco antes, transformara-se totalmente; já não era o mesmo homem. Um riso nervoso e silencioso sacudia-lhe o peito. Atrás da porta fechada adivinhava todos os movimentos do desconhecido.

— Ah! Vem subindo! Chegou ao patamar, curva-se a escutar na escada, mal respira, anda com passos furtivos... Ah! pegou a maçaneta, puxou-a, experimenta... Pensava que não estivesse fechada... Sabia, então, que às vezes eu me esqueço de fechar... Puxou de novo! Pensa que o ferrolho vai saltar? Que pena, sair assim, não é verdade? Que pena sair de mãos vazias...

Em verdade, tudo devia estar-se passando como Veltchaninov imaginava. Alguém estava ali, do outro lado da porta, experimentando a fechadura, devagarinho, sem ruído, puxando a maçaneta...

— Evidentemente ele tem uma finalidade...

Veltchaninov já tinha pronta a solução do problema. Aguardava, com uma espécie de exaltação, o momento propício. Preparava-se, concentrava-se; dominava-o uma vontade irresistível de puxar de repente o ferrolho, de abrir subitamente a porta de par em par, de se ver face a face com o "espantalho".

— Mas que quer aqui, meu caro senhor?

Foi o que aconteceu.

Sem escolher o momento, Veltchaninov soltou subitamente o ferrolho, puxou a porta e quase se chocou com o cavalheiro de chapéu cintado de crepe.

CAPÍTULO 3
PAVEL PAVLOVITCH TROUSSOTZKY

O outro ficou petrificado. Estavam um defronte do outro, encarando-se. Passaram-se assim alguns momentos. Depois, Veltchaninov reconheceu de súbito o visitante.

Ao mesmo tempo, este adivinhou, decerto, que Veltchaninov o reconhecia; via-se-lhe nos olhos. Num instante sua fisionomia se distendeu num sorriso amável.

— Tenho naturalmente o prazer de falar a Alexei Ivanovitch? — disse o homem de luto, com voz suave e cantante que destoava, da maneira mais cômica, das circunstâncias do momento.

— E o senhor é realmente Pavel Pavlovitch Troussotzky? — redarguiu Veltchaninov, estupefato.

— Nós nos conhecemos há nove anos, em T... ; e, se me dá licença, direi que nossas relações foram muito amistosas.

— Sim... é possível... Mas... Veja, são três horas da madrugada, e faz dez minutos que o senhor tenta abrir a porta de meu apartamento.

— Três horas! — exclamou o homem de luto, puxando do bolso o relógio, com um ar de surpresa lastimosa. — Três horas, com efeito. Perdoe, Alexei Ivanovitch; deveria reparar nisto, antes de entrar... Voltarei, para me explicar, em outra ocasião. E agora...

— Isso é que não! Se há de se explicar, tenha a bondade de o fazer, imediatamente! — atalhou Veltchaninov, recobrando a calma. — Faça o favor de entrar; a sala é ali. Evidentemente, pretendia entrar em minha casa. Não veio cá de madrugada, só para experimentar a fechadura...

Veltchaninov estava nervoso e, ao mesmo tempo, um tanto desconcertado. Envergonhou-se de si mesmo: onde estava o mistério, o perigo? De toda essa fantasmagoria, restava só a cara apalermada do tal Pavel Pavlovitch. Contudo, Veltchaninov não se convencia de que fosse tão simples; pressentia vagamente, e com certa inquietação, qualquer coisa fora do comum.

Indicou ao visitante uma poltrona e sentou-se na cama, a dois passos. Curvou-se, pousou as mãos abertas nos joelhos e esperou que o outro falasse. Examinava-o avidamente, enquanto reunia suas recordações. Mas, fato curioso, o outro continuava calado, como se não compreendesse que devia falar "imediatamente". Olhava, pelo contrário, o dono da casa, com um ar interrogativo de quem está aguardando alguma coisa. Talvez não se sentisse muito à vontade, no primeiro instante, e tivesse simplesmente medo, como rato apanhado em ratoeira. Veltchaninov impacientou-se.

— Então? — exclamou. — Creio que não estou diante de uma visão, de um fantasma. Veio acaso, para se fazer de morto? Explique-se, homem!

O visitante mexeu-se, sorriu e começou, com muita cautela:

— O que mais deve estar estranhando é que eu tenha vindo a esta hora... e em circunstâncias tão singulares. Eu mesmo acho isso esquisito, se penso no que houve entre nós e em como nos separamos. Aliás, eu não tencionava entrar; e, se o acaso fez as coisas tomarem este rumo...

— Como diz? O acaso? Se eu o vi, da janela, atravessar a rua na ponta dos pés!

— Ah! Viu-me? Nesse caso, talvez saiba mais do que eu, acerca das outras coisas! Mas, eu só o irrito... Veja de que se trata: estou aqui, há três semanas, a negócios; sou Pavel Pavlovitch Troussotzky e, naturalmente, o senhor me reconheceu. Estou dando os passos necessários para mudar de ministério e ser nomeado para outra província e em função mais importante. Aliás, não é disto que se trata... O essencial, se quisermos, é que estou perdendo tempo aqui, faz três semanas, pois eu mesmo prolongo as formalidades de meu caso, de minha nomeação. Realmente, embora seja nomeado, desconfio que me esquecerei disto; não poderia deixar São Petersburgo no meu presente estado de espírito. Ando aqui e acolá como se tivesse perdido o norte e me alegrasse de perdê-lo; no meu presente estado de espírito...

— Mas que estado é esse? — interrompeu Veltchaninov, exasperado.

O outro levantou os olhos para ele, apanhou o chapéu e, com gesto digno, desta vez, apontou a fita de crepe.

— Sim; aqui está meu estado de ânimo...

Veltchaninov corria um olhar aparvalhado do crepe à fisionomia do visitante. De súbito, corou e agitou-se, contrafeito.

— Como? Natália Vassilievna?

— Sim. Natália Vassilievna... Em março passado... Tuberculose; e rapidamente: em dois ou três meses... E cá estou, como o senhor me vê...

Ditas essas palavras, o outro, muito comovido, abriu os braços, segurando na mão esquerda o chapéu cintado de crepe. Curvou a cabeça calva e ficou nessa atitude pelo menos uma dezena de segundos.

Essa atitude e esse gesto reanimaram Veltchaninov, trouxeram-lhe aos lábios um sorriso irônico, provocante até; mas de pouca duração. A notícia da morte dessa mulher — que ele conhecera muito tempo antes e esquecera completamente — despertava nele súbita emoção.

— Será possível! — exclamou Veltchaninov, dizendo as primeiras palavras que lhe vieram à mente. — Mas por que não veio simplesmente visitar-me, para me participar seu luto?

— Agradeço-lhe a simpatia; vejo-a e sinto-a... Se bem que...

— Se bem que...?

— Se bem que não nos vejamos há muitos anos, percebo que participa de tal maneira do meu pesar e me dá prova de tanta simpatia, que só lhe posso ser grato. É tudo o que tinha a dizer-lhe. Não é que eu duvide de meus outros amigos... e os tenho aqui muito sinceros; Stephane Mikhailovitch Bagaoutov, por exemplo... Mas nossas relações, Alexei Ivanovitch... poderia dizer: nossa amizade, porque a relembro com gratidão, interromperam-se há nove anos. O senhor não voltou a nossa casa, não mantivemos correspondência...

O visitante falava como se recitasse uma lição; mas, enquanto as frases fluíam, seus olhos continuavam cravados no chão, embora ele visse decerto o que se passava em derredor. Veltchaninov já se refizera do choque. Enquanto escutava, examinava Pavel Pavlovitch com um sentimento singular mais e mais intenso. E as ideias mais estranhas, mais imprevistas, assomaram-lhe à mente, mal o homem de luto se calou.

— Mas por que só agora o reconheci? — exclamou Veltchaninov, animando-se. — Nós nos encontramos cinco vezes, cara a cara!

— Sim; recordo-me disso. Encontrei-o constantemente em meu caminho, duas ou três vezes, talvez...

— Pelo contrário! Você é que estava *constantemente* em meu caminho!

Veltchaninov levantara-se; e, de súbito, desatou a rir — uma risada imprevista, que a princípio desconcertou Pavel Pavlovitch. Este olhou-o atentamente; prosseguiu logo:

— É natural que não me reconhecesse. Esqueceu-me decerto; demais, tive varíola, que me deixou sinais no rosto.

—Varíola? Com efeito... houve uma epidemia. Mas, como diabo...?

— Como ela me pegou? Acontece, Alexei Ivanovitch! Quando menos se espera, de repente, somos apanhados!

— Seja como for, é curioso. Muito bem; continue, continue, prezado amigo!

— Embora eu o tenha encontrado...

— Espere! Por que disse: "Ela me pegou"? Eu pretendia exprimir-me em termos mais elegantes. Muito bem; continue, continue!

Sabe Deus por que Veltchaninov se ia sentindo mais e mais alegre. A emoção que o abalara pouco antes cedia lugar a um sentimento muito diferente. E ele pôs-se a andar de um lado para outro, a passos largos.

— Então, ainda que o tenha encontrado e, vindo à capital, contasse encontrá-lo, estou... repito-lhe... em tal estado de espírito... desde março, vivo num aniquilamento moral tão grande...

— Ah! sim... Está moralmente aniquilado desde março! Espere: não fuma?

— Sabe, no tempo de Natália Vassilievna...

— Sim, sim, eu sei. Mas, a partir de março...?

— Um cigarrinho, talvez...

— Aqui tem o cigarro. Acenda-o e continue. Você me... É terrível!

Veltchaninov sentou-se subitamente na cama.

— Mas o senhor mesmo como está nervoso! — exclamou Pavel Pavlovitch. — Indisposto, provavelmente...

— Leve o diabo minha saúde! — gritou Veltchaninov. — Continue!

Apesar do nervosismo do dono da casa, o visitante parecia, por seu turno, mais e mais satisfeito e senhor de si.

— Que hei de lhe dizer? — tornou. — Antes de tudo, Alexei Ivanovitch, imagine um homem morto, liquidado radicalmente, por assim dizer. Um homem que, depois de vinte anos de casado, muda completamente de vida, tem de se arrastar nas ruas poeirentas, como através de uma estepe, sem uma finalidade, quase inconsciente e encontrando nessa inconsciência certo prazer. É natural que, num desses momentos, topando casualmente com um conhecido e até um verdadeiro amigo, eu me esquive de propósito, para não me aproximar dele. Em outros momentos, porém, as recordações são tão vivas, é tão intenso o desejo de tornar a ver uma testemunha qualquer, uma das pessoas que participaram desse passado tão próximo e tão irrevogavelmente desaparecido, e o coração, a essa ideia, bate com tanta força, que vamos atirar-nos aos braços do amigo, seja de dia ou de noite, embora nos arrisquemos a despertá-lo às três da madrugada. Enganei-me a respeito da hora; não a respeito do amigo; porque agora me sinto amplamente recompensado... Quanto à hora, julgava realmente que não passasse de meia-noite, porque não tinha sono. Bebemos o nosso desgosto, embriagamo-nos com ele. E, já agora, nem é o desgosto; é outra coisa que me aflige...

— Você tem cada expressão!... — observou Veltchaninov, com ar sombrio, tornando-se extremamente sério.

— Sim, eu me exprimo com termos estranhos...

— E... não gosta de pilheriar?

— Pilheriar? — exclamou Pavel Pavlovitch, sentido. — Logo agora, que lhe participei...

— Ah! Não me fale mais disso, por favor!

Veltchaninov levantou-se e recomeçou a andar no quarto.

Decorreram assim uns cinco minutos. O visitante esboçou um movimento para se levantar, mas Veltchaninov gritou:

— Fique aí... fique sentado!

E Pavel tornou a sentar-se imediatamente na poltrona.

— Mas como você mudou! — exclamou Veltchaninov, parando diante do outro, como se esse reparo lhe houvesse ocorrido subitamente. — Mudou terrivelmente, extremamente! Parece outro homem!

— Não admira: passaram-se nove anos!

— Não, não, não! A idade nada tem a ver com isso. Não é tanto o seu aspecto que mudou; é outra coisa!

— Também é possível; nove anos...

— Não terá mudado, depois do mês de março?

— Hê! hê! — riu maliciosamente o homem de luto. — Que ideia divertida! E... não sei se deva... Em que consiste a mudança?

— Pois bem, francamente... Você era, em outro tempo, um Pavel Pavlovitch respeitável, decente; um Pavel Pavlovitch bem-comportado; agora... é um patife!

A irritação de Veltchaninov atingira o ponto em que a pessoa mais controlada deixa escapar palavras desnecessárias.

— Patife? Parece-lhe? E já não sou bem-comportado? Não? — articulou Pavel Pavlovitch, com uma risadinha satisfeita.

— Não, absolutamente! E agora talvez você seja até *inteligente demais.*

"Estou sendo insolente", continuou Veltchaninov consigo, "e esse canalha é mais atrevido do que eu... Mas... qual será seu intuito?"

— Oh! meu caro, meu muito amado Alexei Ivanovitch! — exclamou o visitante, com súbita emoção, agitando-se na poltrona. — Que importa isso? Não estamos agora num salão elegante da alta sociedade! Somos dois velhos amigos, muito sinceros; por assim dizer reunimo-nos para falar com sinceridade, para evocarmos juntos o laço de amizade de que a defunta era o elo mais belo.

E parecia tão intensa a exaltação de seus sentimentos, que ele tornou a curvar a cabeça e escondeu o rosto no chapéu. Veltchaninov observava-o, inquieto, com certa aversão.

"Quem sabe?", pensou de súbito, "talvez ele seja só tolo... Não, não! Também não está ébrio... Daí... talvez esteja; tem o rosto congestionado. Mas, bêbado ou não, vem a dar na mesma. Que estará ele tramando? Que quer esse canalha?"

— Lembra-se? Lembra-se? — prosseguia Pavel Pavlovitch, afastando um pouco o chapéu, arrebatado aparentemente pelas recordações. — Lembra-se das nossas excursões ao campo, dos nossos serões, das reuniões dançantes e de jogos de salão, em casa de Sua Excelência, o tão hospitaleiro Semione Semionovitch? E os serões de leitura de nós três? E nossa primeira entrevista, quando o senhor veio pedir-me uma informação sobre certo negócio? Começou por zangar-se. Mas apareceu Natália Vassilievna e, dez minutos depois, já era amigo da casa. E essa amizade durou um ano inteiro, exatamente como na "Provinciana", a peça do senhor Turgueniev...

Veltchaninov passeava devagar, com os olhos fitos no chão; escutava, impaciente, contra a vontade; mas escutava atentamente.

— Nunca me veio à ideia a "Provinciana" — atalhou, um tanto contrafeito. — E naquele tempo você não falava nesse tom, com essa voz fina que não é sua voz. Que é isso?

— Com efeito! — acudiu Pavel Pavlovitch. — Naquele tempo, em geral eu me calava; era mais calado, quero dizer. Compreende. Então, quando a defunta falava, eu preferia escutar. Lembra-se de como conversava, de como era espirituosa?... Quanto à "Provinciana" e, em particular a Stoupendiev, o senhor tem razão. Foi mais tarde, depois de sua partida, pensando com calma, a querida defunta e eu comparamos nosso primeiro encontro com o senhor à peça do senhor Turgueniev... A respeito de Stoupendiev, aliás...

— Que Stoupendiev? Diabos o levem! — bradou Veltchaninov, batendo o pé, impressionado por esse nome que despertava nele uma recordação distante.

— Stoupendiev? É uma personagem de comédia; é o "marido", na "Provinciana" — explicou Pavel Pavlovitch, com seu tom mais suave, mais flautado. — Mas isto prende-se a outra série de nossas belas, de nossas queridas recordações. Foi depois de sua partida que Stephane Mikhailovitch Bagaoutov os honrou com sua amizade; exatamente como o senhor, mas pelo espaço de cinco longos anos...

— Bagaoutov? Quem? Que Bagaoutov?

Veltchaninov estacara, ficando como que pregado ao soalho.

— Bagaoutov... Stephane Mikhailovitch, que nos honrou com sua amizade, exatamente um ano depois do senhor... justamente como o senhor...

— Ah! meu Deus! Eu sei disso! — clamou Veltchaninov, compreendendo afinal. — Bagaoutov! Ele era funcionário, na nossa cidade...

— Sim, sim! Adido ao governador. Moço, elegantíssimo, da melhor sociedade de São Petersburgo — confirmou Pavel Pavlovitch, num verdadeiro assomo de entusiasmo.

— Isso, isso! Mas onde tinha eu a cabeça? Então, ele também...

— Ele também, ele também — repetiu Pavel Pavlovitch, com o mesmo entusiasmo, apanhando no ar a frase imprudente de seu interlocutor.

— Ele também. E foi então que nós representamos a "Provinciana", num teatro de amadores, em casa de Sua Excelência, o tão hospitaleiro Semione Semionovitch. Stephane Mikhailovitch era o "conde"; eu, o "marido", e a defunta, a "provinciana". Mas, a pedido dela, não fiz o papel de "marido"; não estava à altura de interpretá-lo, pelo que me disseram...

— Mas quem diabo pretende que você seja Stoupendiev? Você é antes de tudo Pavel Pavlovitch Troussotzky e não absolutamente Stoupendiev — retrucou grosseiramente e sem cerimônia Veltchaninov, tremendo de indignação. — Permita, aliás, uma pergunta. O tal Bagaoutov está aqui, em São Petersburgo; eu mesmo o vi, nesta primavera. Por que então você não o procurou também?

— Faz três semanas que vou lá todos os dias. Não me recebem. Ele está enfermo, não pode atender-me. E imagine: eu soube, de fonte certa, que ele está muito mal. Um amigo tão antigo! Ah! Alexei Ivanovitch, digo-lhe e repito-lhe; em certos momentos, tem-se vontade de desaparecer debaixo da terra, especialmente neste meu estado de ânimo! Noutras ocasiões, o impulso é atirar-me nos braços de alguma dessas testemunhas, isto é, de uma das pessoas que tomaram parte no nosso passado, só para chorarmos juntos... creia no que lhe digo! Só para chorar!...

— Vamos! Já é bastante por hoje não é? — atalhou Veltchaninov brutalmente.

— Mais do que bastante, mais do que bastante! — e Pavel Pavlovitch levantou-se logo. — São quatro horas e eu o importunei tão egoisticamente...

— Escute, irei a sua casa, sem falta. Então, espero que... Agora, diga-me com franqueza, abertamente: você não está embriagado hoje?

— Embriagado, eu? Absolutamente!

— Não bebeu antes de vir cá, ou ainda antes?

— Realmente, Alexei Ivanovitch, o senhor tem febre!

— Irei a sua casa amanhã mesmo, logo depois do meio-dia.

— Tenho observado, depois de alguns momentos, o senhor parece estar variando — atalhou Pavel Pavlovitch com uma espécie de satisfação, insistindo nesse ponto. — Lamento realmente minha indiscrição. E já me vou, já vou. E o senhor vá deitar-se, trate de dormir.

— Mas você não me disse onde mora! — gritou Veltchaninov, caindo em si.

— Não lhe disse? No hotel Pokrovski.

— Que hotel é esse?

— Perto da igreja de Pokrov, numa viela; esqueci-me do nome, como do número; mas, como é pegado à igreja...

— Hei de achar!

— Nosso caro visitante será bem-vindo!

Pavel Pavlovitch já ia descendo a escada.

— Espere! — gritou mais uma vez Veltchaninov. — Você não vai escapulir, não?

— Como, escapulir?

Pavel Pavlovitch, que já descera três degraus, voltou-se, de olhos arregalados, mas com um sorriso nos lábios.

Como única resposta, Veltchaninov bateu-lhe fragorosamente a porta na cara. Deu cuidadosamente volta à chave, correu o ferrolho. Entrando no quarto, cuspiu, enojado, como se estivesse sujo.

Ficou imóvel, de pé, no centro da peça, pelo menos cinco minutos. Em seguida, sem se despir, atirou-se à cama e adormeceu imediatamente.

A vela que ele se esquecera de apagar, ardeu até o fim, sobre a mesa.

CAPÍTULO 4
A Mulher, o Marido e o Amante

Veltchaninov dormiu profundamente; acordou às nove e meia em ponto. Levantou-se logo, sentou-se na cama e pôs-se a pensar na morte "daquela mulher".

O "choque" dessa madrugada, ao lhe ser anunciada essa morte, causara-lhe uma espécie de perturbação, diga-se mesmo de mal-estar, surgida momentaneamente por uma ideia singular, que lhe acudira à vista de Pavel Pavlovitch. Nessa manhã, porém, mal Veltchaninov despertou, tudo o que se passara nove anos antes se lhe desenrolou na memória, com nitidez extrema.

Por essa mulher, a falecida Natália Vassilievna, esposa "desse Troussotzky", Veltchaninov tivera muito amor e fora seu amante, no ano em que uma questão de dinheiro (era também um processo relativo a uma herança) o retivera em T..., embora, afinal de contas, não exigisse permanência tão prolongada; o verdadeiro motivo era essa relação. Essa relação e esse amor lhe haviam dominado o espírito, a ponto de torná-lo, por assim dizer, escravo de Natália Vassilievna; ele faria, sem hesitar, as coisas mais monstruosas, mais insensatas, para satisfazer um capricho dessa mulher. Nunca lhe acontecera antes coisa igual; nem lhe sucedeu depois. Em fins daquele ano, quando a separação se tornara inevitável, embora ele a julgasse muito breve, Veltchaninov via aproximar-se a data fatal com tanto desespero, que propôs a Natália Vassilievna fugir com ele, deixar o marido, abandonar tudo. Partiriam juntos e para sempre para o exterior. Só as ironias e a firmeza daquela senhora (a princípio, ela aprovara o plano, por troça provavelmente, ou para distrair seu tédio) o forçaram a desistir do projeto e partir sozinho. Pois bem, dois meses apenas após a separação, ele já se fazia esta pergunta, em São Petersburgo, à qual jamais soubera responder: teria ele amado, de fato, essa mulher, ou tudo não passara de "bruxaria"?

E não era leviandade nem influência de outra paixão nascente o que o levava a fazer essa indagação; o certo é que, nesses dois meses em

São Petersburgo ele estava realmente fora de si, não prestava atenção às mulheres, se bem que houvesse reatado logo as relações antigas e não lhe faltassem ocasiões de ver centenas de criaturas sedutoras. Sabia perfeitamente, aliás, que, a despeito de suas dúvidas, voltando a T..., recairia logo sob o encanto dominador de Natália. Cinco anos depois, ainda estava convencido disso. Já então, porém, o confessava a si mesmo com raiva; e não podia pensar "naquela mulher", sem ferver de ódio. Envergonhava-se do ano que passara em T... Não conseguia conceber a possibilidade de uma paixão "tão estúpida", nele, Veltchaninov. Pareciam-lhe abjetas quaisquer lembranças ligadas àquele amor; e ele corava até às lágrimas, fazia a si mesmo censuras dolorosas. É verdade que alguns anos mais tarde ele se sentia mais calmo; empenhou-se em esquecer tudo e quase o conseguiu. E eis que de repente, nove anos depois, o passado ressuscitava de súbito, estranhamente, ao receber ele a notícia da morte de Natália Vassilievna.

Sentado na cama, assaltado pelas ideias mais baralhadas, que se confundiam em seu cérebro, Veltchaninov não sentia, não compreendia claramente senão uma coisa: apesar da impressão "desconcertante" causada pela notícia, o fato em si, o fato de que Natália houvesse morrido, deixava-o indiferente.

— Acaso não lamento mesmo que ela tenha morrido? — perguntou Veltchaninov a si mesmo.

Bem; como já não a odiava, podia julgá-la mais imparcialmente, fazer-lhe justiça. Sua opinião, formada havia muito, nesses nove anos de separação, era de que Natália Vassilievna pertencia ao número das senhoras de província, à espécie muito vulgar das damas da "boa" sociedade provinciana.

— Quem sabe? Ela talvez não passasse disso; só eu forjava, a respeito dela, ideias fantásticas...

Contudo, ele pensara muitas vezes que essa opinião podia ser errônea, pelo menos em parte. Aliás, os fatos a contradiziam: o "tal Bagaoutov" também mantivera com ela uma relação que se prolongara alguns anos, fora subjugado igualmente "pelo seu encanto". Bagaoutov pertencia efetivamente à melhor sociedade de São Petersburgo; e, sendo "uma nulidade perfeita" (assim o julgava Veltchaninov), só poderia fazer carreira em São Petersburgo. Pois bem, apesar disso, ele desdenhara a capital que lhe oferecia tantas vantagens e perdera cinco anos da sua vida em T... unicamente por essa mulher. Também era possível que houvesse voltado porque ela o desprezara como a "um chinelo velho". Logo, aquela mulher devia ter alguma qualidade extraordinária, o dom de atrair, de conquistar, de dominar!

Não parecia, no entanto, dotada do que seduz e prende. Não era tão bela assim; talvez nem fosse bonita. Contava já vinte e oito anos, quando Veltchaninov a conhecera. Seu rosto, não muito atraente, adquiria certo encanto quando se animava. Os olhos, porém, eram antipáticos, pela excessiva dureza do olhar. Natália Vassilievna era muito magra; seu desenvolvimento intelectual não ultrapassava um nível medíocre; seu espírito, indiscutível, sagaz, era, entretanto, quase sempre exclusivo; seu mundanismo provinciano tinha, em verdade, muito tato; e um gosto fino que infelizmente só se manifestava na maneira de vestir. Natália Vassilievna poderia considerar-se um temperamento absoluto: "Ou tudo, ou nada". Com ela, não havia meio-termo. Sua firmeza e sua perseverança nas situações difíceis eram surpreendentes. Aliavam-se a grande generosidade, mas também a uma injustiça extremada. Não havia possibilidade de discutir, com a Sra. Troussotzky; para ela "dois mais dois" nada significavam. Fosse no que fosse, ela nunca se julgava injusta nem culpada. Suas infidelidades ao marido, incontáveis e contínuas, não lhe pesavam na consciência. O próprio Veltchaninov comparava-a às "Virgens Marias" de certas seitas dissidentes que se acreditam de boa-fé "mães de Deus". Natália era leal aos amantes, enquanto não a aborrecessem. Gostava de fazê-los sofrer, mas logo os recompensava. Índole apaixonada, cruel, sensual, abominava a depravação, reprovava-a com veemência; mas era depravada. E nada a induziria a confessar sua perversão.

"O certo é que ela a ignora *sinceramente*", pensava Veltchaninov, quando ainda vivia em T... (e, diga-se de passagem, quando participava dessas perversões)... "É uma dessas mulheres que nasceram para ser infiéis ao marido... dessas que não caem, antes do casamento. É lei de seu temperamento que isso aconteça depois. O marido é o primeiro amante; mas só depois do casamento; nunca antes. Mulher alguma se casa mais habilmente, mais facilmente do que essas. E o marido sempre é o responsável pelo primeiro amante. E tudo acontece com absoluta sinceridade; elas se julgam sempre no seu direito e, bem entendido, perfeitamente inocentes."

Veltchaninov convencera-se de que esse tipo de mulher existe realmente; mas estava igualmente certo da existência de um tipo de marido correspondente às mulheres desse gênero — marido cuja única razão de ser é conformar-se com esse tipo de mulher. A seu ver, o caráter essencial desse gênero de homem se resume em ser o "eterno marido", isto é, em não ser na vida senão *unicamente* marido.

"Um homem assim nasce e se desenvolve exclusivamente para casar, para se tornar desde logo o complemento da esposa, embora tenha indiscutivelmente personalidade própria. O característico desse marido é determinado ornamento. É-lhe impossível não usar cornos, tanto quanto é impossível ao sol não iluminar; e não só ele ignora sempre seu distintivo, como, de acordo com as leis da natureza, deve ignorá-lo."

Veltchaninov acreditava firmemente na existência desses dois tipos e em que Pavel Pavlovitch Troussotzky personificava um deles em T... Mas o Pavel Pavlovitch da véspera diferia, evidentemente, do que ele conhecera em T... Veltchaninov achava-o muito mudado. Sabia, porém, que só podia ser assim, que era perfeitamente natural; o Sr. Troussotzky não podia ser o que era antes de enviuvar; e, morta a mulher, ele não representava senão uma parte do todo abandonada na existência, uma coisa estranha, sem semelhança com qualquer outra.

Eis a imagem que Veltchaninov guardava do Pavel Pavlovitch de T... e que lhe voltava de repente à memória.

Em T..., Pavel Pavlovitch não era naturalmente senão marido; e nada mais. Se além de marido era, por exemplo, funcionário, era-o unicamente porque suas funções faziam, por assim dizer, parte de seus deveres de marido. Colocara-se no ministério, tendo principalmente em vista a situação da esposa na sociedade de T... Era, contudo, funcionário zeloso. Contava então trinta e cinco anos e possuía alguma fortuna, bastante importante mesmo. Não manifestava aptidões dignas de nota; mas, em compensação, não dava mostras de incapacidade patente. Mantinha relações com a melhor sociedade local e vivia folgadamente. Natália Vassilievna gozava de grande apreço na cidade, o que, porém, pouco a impressionava, por lhe parecer que essa homenagem lhe era devida. Recebia com elegância e treinara tão bem o marido, que ele adquirira maneiras distintas e, sendo preciso, sabia acolher as personagens mais importantes do lugar. Talvez — era a impressão de Veltchaninov — Pavel fosse até inteligente; mas a esposa não fazia questão de que ele falasse muito; não havia, pois, ensejo de lhe notar a inteligência. Pavel tinha, provavelmente, a par de defeitos, qualidades inatas; estas, porém, permaneciam por assim dizer encobertas; e os maus instintos estavam quase completamente recalcados. Veltchaninov lembrava-se, por exemplo, de que o Sr. Troussotzky tentava às vezes zombar de seu próximo, o que lhe era severamente proibido. Gostaria de contar anedotas; mas essa satisfação lhe era igualmente racionada; só lhe era dado contar pequenos casos insignificantes. Teria muito gosto em se reunir com colegas, fora de casa e, em boa companhia, seria até capaz de beber um pouco; tentativas deste gênero haviam gorado no ovo. Contudo, julgando pelas aparências, ninguém diria que o funcionário vivia sob o jugo da mulher. Natália Vassilievna parecia uma esposa submissa e talvez pensasse sinceramente que o era. Pavel Pavlovitch podia amar loucamente a esposa; ninguém, no entanto, o poderia perceber, provavelmente em razão das disposições tomadas a esse respeito por ela. Durante sua permanência em T... Veltchaninov perguntara muitas vezes a si mesmo se Pavel não desconfiaria de suas relações com a mulher. Muitas vezes perguntara-o francamente a Natália Vassilievna; e ela sempre lhe respondera, impacientada, que o marido não sabia nem podia saber de coisa alguma; "aliás, não era da conta dele". Outra circunstância curiosa: ela nunca fazia troça do marido, não o achava ridículo nem antipático e seria capaz de defendê-lo calorosamente, se alguém se atrevesse a tratá-lo com descortesia. Não tendo filhos, Natália tornara-se quase unicamente senhora da sociedade; mas prezava muito seu lar. As diversões sociais nunca a absorviam completamente; ela ocupava-se com prazer dos afazeres domésticos, de trabalhos de agulha. Pavel Pavlovitch mencionara nessa madrugada os serões de leitura em família. Era exato. Por vezes quem lia era Veltchaninov; em outras ocasiões, o dono da casa. Para grande surpresa de Veltchaninov, Pavel lia muito bem em voz alta, enquanto Natália Vassilievna escutava atentamente, bordando. Liam romances de Dickens, revistas russas, às vezes alguma obra "séria". Natália Vassilievna apreciava muito a cultura de Veltchaninov, sem nunca se referir a ela; era coisa assentada, admitida, que não se tornava a ventilar. Ela parecia, em geral, indiferente à ciência e aos livros, como a assuntos que não lhe diziam respeito, mas que bem podiam ter sua utilidade. Pavel Pavlovitch, pelo contrário, mostrava por essas coisas certa paixão.

Essa ligação interrompeu-se de súbito, justamente quando o amor de Veltchaninov chegava à máxima intensidade, quase à loucura. Ele se viu simplesmente expulso, de uma hora para outra, embora tudo se arranjasse de tal modo que ele partira de T... sem perceber que já fora enjeitado como "um chinelo velho". Mês e meio antes de sua partida, chegara à cidadezinha um jovem oficial de artilharia, que vinha concluir os estudos na escola de cadetes. O rapaz começou a frequentar a casa dos Troussotzkys; em vez de três, passaram a ser quatro. Natália Vassilievna acolhia o novo visitante com benevolência, mas tratava-o como faria a uma criança. Veltchaninov não desconfiava de nada; tinha, aliás, mais em que pensar, pois Natália o fizera entender que era necessária uma separação. Entre os cem motivos aduzidos por ela que, no seu dizer, exigiam a partida imediata de Veltchaninov, havia uma probabilidade de gravidez; Veltchaninov, portanto, devia desaparecer o quanto antes, a fim de que, dentro de nove meses, o marido não pudesse desconfiar, se alguém a caluniasse. O argumento era fraco. No ardor da paixão, Veltchaninov propusera que fugissem para Paris, ou para a América; mas partiu sozinho para São Petersburgo, por "muito pouco tempo", isto é, por três ou quatro meses, se tanto. Do contrário, ele não partiria, apesar de quaisquer argumentos e explicações que lhe pudessem apresentar. Exatamente dois meses depois, recebia em São Petersburgo uma carta de Natália Vassilievna, na qual ela lhe rogava que nunca mais fosse a T... Amava outro; e, quanto à gravidez, ela se enganara. Essa explicação era inútil. Veltchaninov compreendia tudo afinal; lembrava-se do jovem oficial de artilharia. Tudo acabara. Ele soube mais tarde, alguns anos depois, que Bagaoutov permanecera cinco anos em T... E explicava a si próprio a duração anormal desse amor, com o fato de estar Natália envelhecendo e, portanto, mais apegada às suas afeições.

Veltchaninov ficou quase uma hora sentado na cama; tocou, enfim, para que Mavra lhe servisse o café, com o mínimo de demora.

Atendido, Veltchaninov esvaziou às pressas a xícara, vestiu-se e saiu exatamente às onze horas para procurar o Hotel Pokrovsky. A esse respeito ocorrera-lhe nessa manhã uma ideia nova. Estava, além disso, um tanto envergonhado de como recebera Pavel Pavlovitch, na véspera. Era necessário tirar tudo aquilo a limpo.

Dizia, nesse momento, a si mesmo que toda a história fantasmagórica da fechadura não fora senão efeito do acaso, da embriaguez de Pavel Pavlovitch e de outras coisas talvez; mas, afinal de contas, não percebia qual era sua finalidade, reatando as antigas relações com o ex-marido, desde que entre ambos tudo terminara tão naturalmente. Alguma coisa o impelia. Ele tivera uma impressão muito especial; era ela justamente a causa dessa atração...

CAPÍTULO 5
Lisa

Pavel Pavlovitch não pensava em "escapulir-se". Sabe Deus, aliás, por que Veltchaninov lhe fizera aquela pergunta; certamente tinha o espírito perturbado. Numa loja modesta, perto da Praça Pokrov, indicaram-lhe o Hotel Pokrovsky, a dois passos, em uma travessa. No hotel, explicaram-lhe que o Sr. Troussotzky se hospedara em um quarto mobiliado no anexo, em casa de certa Sra. Maria Syssoievna, no fundo do pátio. Quando subia ao segundo andar, onde ficavam os quartos mobiliados, pela escada de pedra, estreita, suja e juncada de detritos, ele ouviu, de repente, alguém chorar. Era possivelmente uma criança de sete ou oito anos. Um choro doloroso com soluços abafados, que irrompiam subitamente e aos quais se uniam os gritos roucos, estridentes e furiosos de um homem e o rumor de pés batendo no soalho. Dir-se-ia que o homem tentava acalmar a criança; mas, embora procurasse conter-se, fazia mais barulho do que ela. Eram gritos ferozes e, aparentemente, a criança pedia perdão. Enveredando por um corredor estreito, em cada uma de cujas paredes se abriam duas portas, Veltchaninov encontrou uma mulher alta, corpulenta e desalinhada e perguntou-lhe por Pavel Pavlovitch. Ela apontou-lhe a porta atrás da qual continuava o choro infantil. O rosto carnudo e avermelhado dessa mulher de uns quarenta anos exprimia uma espécie de indignação.

— Veja como ele se diverte! — disse ela, em voz baixa, descendo a escada.

Veltchaninov bateu na porta; mas, obedecendo a um impulso, abriu-a de súbito. No meio de um quarto estreito, atulhado de móveis grosseiramente pintados, estava Pavel Pavlovitch, sem colete e sem paletó, vermelho e irritado, tentando com gritos, possivelmente com socos (foi a impressão de Veltchaninov), fazer calar uma menina de uns oito anos, maltratada, mas com roupas finas, entrouxada num vestido curto de lã negra. A criança parecia presa de uma crise nervosa; estendia, soluçando, as mãos a Pavel Pavlovitch, como se quisesse abraçá-lo, beijá-lo, suplicar-lhe.

Num relance, a cena mudou; à vista do estranho, a menina soltou um grito e correu como uma flecha para o quartinho contíguo. Pavel Pavlovitch, após o primeiro instante de estupor, distendeu o rosto num sorriso adocicado, exatamente como na véspera, quando Veltchaninov abrira de repente, diante dele, a porta da escada.

— Alexei Ivanovitch! — exclamou o viúvo, espantado. — Realmente, não o esperava... Sente-se. Aqui, neste divã; ou aí, na poltrona; e eu...

O funcionário apressou-se a vestir o paletó, esquecendo-se de pôr o colete.

— Nada de cerimônias! Fique como está — protestou Veltchaninov, sentando-se numa cadeira.

— Não, não. Permita que eu faça alguma cerimônia. Pronto!... Agora estou mais correto... Mas por que se sentou nesse canto? Tome a poltrona, perto da mesa... Sim, senhor, francamente, não esperava por isto...

Pavel Pavlovitch sentou-se na beira de uma cadeira de palha trançada, não junto do visitante "inesperado", mas voltando a cadeira, de modo que lhe ficasse quase defronte.

— Por que não me esperava? Não lhe disse que viria hoje, e justamente a esta hora?

— Julguei que não viesse. E quando acordei e me lembrei do que se passou ontem, perdi toda esperança de tornar a vê-lo.

Entretanto, Veltchaninov examinava o quarto. Estava em desordem, com a cama por fazer, peças de roupa atiradas a esmo; na mesa havia copos com restos de café, migalhas de pão, uma garrafa de champanha aberta e pela metade e, ao lado dela, um copo. Veltchaninov enviesou um olhar para a outra peça. Ali tudo era silêncio; a garota não fazia o menor ruído.

— Que é isso? Você agora bebe? — perguntou Veltchaninov, apontando a garrafa.

— São os restos... — começou Pavel Pavlovitch, contrafeito.

— Como você mudou!

— São maus hábitos. Assaltaram-me de repente, e não me posso conter. Desde março... Olhe que não minto! Não se preocupe, Alexei

Ivanovitch; agora não estou ébrio, não direi asneiras como ontem, em sua casa. E, digo-lhe a verdade, foi depois que ela morreu. Se seis meses antes alguém me dissesse que eu sentiria tanto, se me mostrassem a um espelho a cara que tenho agora, eu não acreditaria!

— Então, ontem você estava bêbado?

— Estava — confessou em voz baixa Pavel Pavlovitch, constrangido, abaixando os olhos. — Note, não completamente embriagado, mas tinha bebido horas antes. Explico-lhe isto, porque sou ainda muito pior depois da embriaguez. Quando ela se dissipa, eu me torno mau, cruel, quase doido; e meu desgosto é mais pungente; é talvez o desgosto que me faz beber. Nesse estado, sou capaz das maiores tolices, provoco brigas. Estranhou-me muito, ontem, não?

— Acaso não se lembra?

— Como não? Lembro-me de tudo...

— Olhe, Pavel Pavlovitch, foi o que pensei e como expliquei as coisas a mim mesmo — tornou Veltchaninov, em tom conciliante. — Demais, mostrei-me ontem, com você, um tanto ríspido e... e muito impaciente. Reconheço-o sinceramente. Não tenho passado bem; e sua visita noturna, inesperada...

— Sim, noturna — atalhou Pavel Pavlovitch, meneando a cabeça como se estranhasse o que fizera e se censurasse a si mesmo. — O que foi que me impeliu àquilo? Por nada deste mundo eu entraria em sua casa, se não me abrisse a porta. Eu daria volta. Já estive à porta de seu apartamento, Alexei Ivanovitch, faz mais ou menos uma semana; e não o encontrei. É possível que não voltasse lá. Também tenho meu orgulho, Alexei Ivanovitch, embora tenha consciência... do estado em que estou. Encontramo-nos na rua; mas eu dizia comigo: "E, se ele não me reconhecer? Se ele me der as costas? Nove anos são muito tempo!" E não me resolvia a chegar-me. Ora, ontem, eu vinha do Burgo Velho e não tinha a menor noção de que horas eram. Culpa disto — explicou Pavel, indicando a garrafa — e dos meus sentimentos. Que estupidez, que estupidez! Se não se tratasse do senhor, eu perderia toda esperança de reatarmos nossa amizade. Mas o senhor, lembrando-se do passado, veio visitar-me, apesar do que aconteceu ontem.

Veltchaninov escutava atentamente. A julgar pela aparência, o homem se exprimia com sinceridade e até com certa dignidade. Mas, desde que entrara ali, Veltchaninov não acreditava uma palavra do que Pavel lhe dizia.

— Escute, Pavel Pavlovitch, você não está sozinho aqui? Quem é a menina que vi no seu quarto?

Surpreso pela pergunta, Pavel Pavlovitch franziu a testa; mas levantou para Veltchaninov um olhar calmo e afável.

— Quem é essa menina? É Lisa — respondeu, sorrindo amavelmente.

— Que Lisa? — redarguiu Veltchaninov, sentindo estremecer-lhe alguma coisa no íntimo.

A impressão fora muito súbita. Pouco antes, avistando a criança, ele surpreendera-se; não tivera, no entanto, nenhum pressentimento, nenhuma ideia particular.

— Mas a nossa Lisa! A nossa Lisa! — repetiu Pavel Pavlovitch, continuando a sorrir.

— Sua filha? Acaso Natália... Natália Vassilievna teve filhos? — acudiu Veltchaninov timidamente, hesitando, com voz um tanto abafada.

— Como não? Ah, meu Deus! Com efeito, o senhor não podia saber. Que cabeça, a minha! Foi depois de sua partida que Deus nos deu esta criança.

Pavel Pavlovitch mexeu-se na cadeira, como dominado por certa emoção; aliás, emoção grata.

— Não sabia... — murmurou Veltchaninov, empalidecendo.

— É verdade, é verdade! Como havia de saber? — repetiu Pavel Pavlovitch, com voz enternecida e suave. — Deve lembrar-se de que a falecida e eu já tínhamos perdido a esperança... E aí está: Deus abençoou-nos. Ah! O que eu senti, então! Só Deus sabe! Foi exatamente um ano depois que o senhor partiu. Isto é... não... menos de um ano, muito menos; se não me falha a memória, o senhor nos deixou em outubro... ou em novembro?

— Saí de T... em princípios de setembro... no dia 12 de setembro; recordo-me bem...

— Em setembro? Realmente? E eu que julgava... — exclamou Pavel Pavlovitch, admirado. — Se é assim, permita: o senhor partiu no dia 12 de setembro e Lisa nasceu no dia 8 de maio. Então, setembro, outubro, novembro, dezembro, janeiro, fevereiro, março, abril... oito meses e alguns dias sim! Se soubesse como a falecida...

— Mostre-me a pequena... mostre-me a pequena — murmurou Veltchaninov com voz entrecortada.

— Como não! — exclamou Pavel Pavlovitch, interrompendo logo sua frase, como se não lhe atribuísse nenhuma importância. — Imediatamente. Vou apresentar-lhe Lisa imediatamente!

E foi-se, a passos largos, para o quarto vizinho.

Escoaram-se alguns minutos. No quarto contíguo, duas vozes cochichavam, rapidamente; a voz de Lisa mal se ouvia.

"Ela lhe pede que não a traga", pensou Veltchaninov.

Pavel Pavlovitch apareceu afinal, com a menina. Disse:

— Aqui está sempre acanhadinha. Muito esquiva, muito orgulhosa... O retrato vivo da mãe!

Lisa já não chorava; vinha de olhos baixos, pela mão do pai. Era uma garota alta, esbelta, muito bonita. Levantou rapidamente os grandes olhos azuis para Veltchaninov: baixou-os, mal o examinou, com um olhar curioso e soturno, um olhar em que havia a seriedade da criança que, ficando só com um estranho, se encolhe a um canto, séria e desconfiada, e de lá o observa. Mas talvez houvesse outra coisa no olhar de Lisa: um pensamento que não era infantil; assim pareceu a Veltchaninov, ao qual Troussotzky levava a menina.

— Olha, é titio; conheceu mamãe, outrora; era nosso amigo. Não tenhas medo; dá-lhe a mão.

A pequena curvou-se levemente e estendeu a mão.

— Natália Vassilievna não queria que ela aprendesse a reverência; ensinou-a à inglesa, a inclinar de leve a cabeça e estender a mão — explicou Pavel Pavlovitch.

Embora soubesse que o outro o observava, Veltchaninov não se deu ao trabalho de esconder a emoção. Imóvel na cadeira, prendia a mão de Lisa nas suas e examinava atentamente a menina. Lisa, porém, parecia muito preocupada; deixando a mão nas do desconhecido, não perdia de vista o pai e escutava, apreensiva, o que ele dizia. Veltchaninov reconhecera-lhe imediatamente os grandes olhos azuis; e o que mais impressionava era a altura e a delicadeza extraordinária da cútis, a cor dos cabelos; essas particularidades eram sumamente significativas. O oval do rosto, a curva dos lábios, pelo contrário, lembravam vivamente Natália Vassilievna.

Entretanto, já desde instantes, Pavel Pavlovitch dizia qualquer coisa e, aparentemente, com calor e sentimento. Mas Veltchaninov nem o ouvia. Captou só a última frase.

— Nem pode fazer ideia, Alexei Ivanovitch, da alegria que nos causou esta dádiva do Senhor! Desde que nasceu, esta criança foi tudo para mim. E eu dizia: "Se por vontade de Deus, eu tiver de perder minha ventura, sempre me ficará Lisa". Disso pelo menos tinha certeza!

— E Natália Vassilievna? — perguntou Veltchaninov.

— Natália Vassilievna? — O rosto de Pavel contraiu-se levemente. — O senhor a conhecia bem, não? Deve lembrar-se de que ela não gostava de manifestar seus sentimentos; mas que adeus disse à pequena, em seu leito de morte! Aí, sim, exprimiu tudo... Eu acabo de dizer "em seu leito de morte". Mas, um dia antes de morrer, ela ficou de repente nervosa, irritada; disse que todos aqueles remédios a matariam, que tinha só um pouco de febre e nossos dois médicos não compreendiam nada; quando Koch voltasse (lembra-se do nosso velho médico militar?), em quinze dias ela deixaria a cama. E há mais! Cinco horas antes de entrar em agonia, ocorreu-lhe que dentro de três semanas sua tia, a madrinha de Lisa, fazia anos e ela teria de visitá-la...

Veltchaninov levantou-se de repente, sem largar a mão de Lisa. Julgava ler uma censura no olhar febril que a garota cravava no pai.

— Ela não estará indisposta? — perguntou, com voz breve, diferente.

— Não creio... É que nossa vida mudou tanto... — disse Pavel Pavlovitch, em tom sentido, preocupado. — Lisa é uma criança esquisita, já bem nervosa. Depois da morte da mãe, esteve doente duas semanas... Uma natureza histérica. Há pouco, quando entrou, não viu a choradeira? Estás ouvindo, Lisa? E por quê? Porque eu saio e ela fica só, o que quer dizer, em sua opinião, que já não a quero como quando a mãe era viva. Eis de que ela me acusa. Eis as fantasias que andam nessa cabecinha que só deveria pensar em bonecas. A verdade é que não tem com quem brincar aqui...

— Mas como se ajeita você? Estão sós?

— Sim, sozinhos... A criada só vem uma vez por dia, arrumar o quarto.

— E, quando sai, você deixa a menina assim, sozinha?

— Que hei de fazer? Ontem, quando saí, deixei Lisa fechada a chave, naquele quarto. E é por isso que choramos hoje. Mas que hei de fazer? Veja, há três dias ela desceu sem mim ao pátio e um garoto lhe acertou a cabeça com uma pedrada. Outra vez, ela desatou a chorar e a pedir que lhe dissessem onde eu tinha ido. O senhor compreende, isto não é possível! Mas eu também sou bom! Saio por uma hora e volto na manhã seguinte, como fiz ainda ontem. Felizmente a senhoria a tirou do quarto... mandou chamar o serralheiro. É uma vergonha! Causo a mim mesmo a impressão de ser um monstro... E tudo isso, porque tenho o juízo transtornado; sim, transtornado...

— Papai! — acudiu a pequena apreensiva e inquieta.

— Outra vez! Recomeças? Que te disse eu há pouco?

— Não torno a fazer, não torno a fazer! — exclamou Lisa apavorada, estendendo precipitadamente as mãos ao pai.

— Isso não pode continuar assim! — interveio Veltchaninov, impaciente, em tom imperioso. — Você tem recursos. Por que vive assim, neste pavilhão, nestas condições?

— Neste pavilhão? Mas talvez regressemos dentro de uma semana; já gastamos muito dinheiro. Mesmo que se tenham recursos...

— Basta, basta! — atalhou Veltchaninov, mais e mais impaciente, como se dissesse: "Não adianta falar; já sei o que vais dizer e com que finalidade." — Escute, proponho-lhe uma solução. Você acaba de dizer que vai ficar aqui mais uma semana, talvez duas. Conheço uma família aqui onde, há vinte anos, me sinto como em minha casa. É um certo Pogoreltzev, conselheiro particular, que bem lhe poderia ser útil em sua questão. Está atualmente, com os seus, veraneando no campo, onde possui uma vivenda magnífica. Cláudia Petrovna Pogoreltzev é para mim uma mãe, uma irmã. Eles têm oito filhos... Deixe-me levar Lisa a essa casa... É para decidir já. Eles a acolherão com alegria; e ela será tratada, em todo este tempo, como outra filha. Sim, como outra filha.

A impaciência de Veltchaninov era extrema e ele nem a disfarçava.

— É realmente impossível — disse Pavel Pavlovitch, com ar de cerimônia e encarando seu interlocutor ("maliciosamente", pensou Veltchaninov).

— Por quê? Impossível, por quê?

— Como não? Entregar a menina assim, de repente, a um amigo como o senhor, é verdade, concordo..., mas a uma família desconhecida, a uma família da alta sociedade... Pergunto a mim mesmo que parecerá isso...

— Se acabo de lhe dizer que eles são por assim dizer minha família! — exclamou Veltchaninov, quase furioso. — Para Cláudia Petrovna será um prazer acolher, a meu pedido, a menina como se ela fosse minha filha. Diabos o levem! Você sabe perfeitamente que diz tudo isso por dizer... É claro! — concluiu, batendo o pé.

— Eu falei, porque receio que pareça estranho. Eu teria de ir lá vez por outra... Que diriam eles, se o pai não desse sinal de vida? Ih! Ih!... E numa família de tão alta classe...

— Se lhe digo que é uma família muito simples, sem nada da "alta classe"! — rebateu Veltchaninov. — Se lhe digo que eles têm oito crianças! Ela ressuscitará... É por isso... Eu o apresentarei amanhã, se quiser. Será mesmo preciso que vá lá, para agradecer. Iremos os dois, se prefere, todos os dias...

— Entretanto...

— Bobagens! E você sabe perfeitamente. Escute, vá a minha casa logo mais. Passe a noite comigo; amanhã cedo saímos, para estar lá ao meio-dia.

— Que alma grande! Passar a noite em sua casa... É realmente uma boa ação. E onde é a vivenda de seu amigo? — indagou Pavel Pavlovitch, aparentando muita emoção.

— Em Liessnoi.

— E o enxoval da menina?... Uma família dessa classe... e de mais a mais, no campo... O senhor compreende... o coração de um pai...

— Que enxoval? A menina está de luto; não pode usar senão esse vestido. Estará assim muito bem. Um pouco de roupa de baixo limpa, um xale (a roupa branca, que aparecia, e o xale estavam de fato sujos) é tudo o que é preciso.

— Imediatamente! Ela vai mudar já de roupa — acudiu Pavel Pavlovitch. — Vou buscar já as peças limpas; estão sendo lavadas por Maria Syssoievna.

— Então seria preciso arranjar um carro — interrompeu Veltchaninov. — E quanto antes, se for possível...

Surgiu, porém, um obstáculo. Lisa revoltou-se. Ela acompanhara, com terror, a conversação. Se tivesse tempo para observá-la, enquanto persuadia Pavel Pavlovitch, Veltchaninov teria visto o desespero que exprimia aquele rosto infantil.

— Não vou! — declarou ela, com voz fraca, mas firme.

— Está vendo? Está vendo? É o retrato da mãe!

— Não, não sou o retrato de mamãe, não sou o retrato de mamãe! — gritou Lisa, torcendo desesperadamente as mãozinhas, como se protestasse, perante o pai, contra a acusação de se parecer com a mãe. — Papai, papai, se me abandonas...

De súbito, precipitou-se para o estarrecido Veltchaninov.

— Se você me levar, eu...

Não continuou. Pavel Pavlovitch agarrou-lhe a mão e a arrastou ao outro quarto, sem disfarçar a fúria. Houve lá dentro outros cochichos, soluços abafados. Veltchaninov dispunha-se a entrar, quando Pavel Pavlovitch reapareceu e lhe declarou, com um sorriso que era mais um esgar, que a garota voltaria em seguida. Veltchaninov desviava os olhos para não o encarar.

Maria Syssoievna, a mulher por quem ele passara no corredor, entrou e começou a arrumar numa bela maleta as peças de roupa que trouxera, de Lisa.

— É o senhor, paizinho, que leva a menina? — perguntou ela a Veltchaninov. — Tem família? Faz bem. A garota é dócil; tira-a de um inferno.

— Que está dizendo, Maria Syssoievna? — balbuciou Pavel Pavlovitch.

— Ora essa! Maria Syssoievna! Toda gente sabe que me chamo assim! Não é um inferno tua casa? E fica bem uma criança que entende tudo assistir a certas torpezas? O carro já vem, paizinho. É para Liessnoi?

— Sim, sim.

— Boa viagem, então.

Lisa apareceu, pálida, de olhos baixos. Apanhou a maleta, sem olhar para Veltchaninov. Continha-se; não se precipitou a abraçar o pai, como pouco antes, nem ao dizer-lhe adeus. Teimava em não o olhar. Pavel

Pavlovitch beijou-lhe corretamente a testa, afagou-lhe os cabelos. A menina estendeu os lábios; não levantou a cabeça. Pavel estava pálido; as mãos tremiam-lhe. Veltchaninov percebeu-o, embora se esforçasse por não o olhar. Só queria uma coisa: sair dali o quanto antes.

— Não sou culpado — dizia consigo. — Aconteceu o que devia acontecer.

Desceram. Maria Syssoievna e Lisa beijaram-se. Só então e já no carro, a menina ergueu os olhos para o pai.

De repente, juntou as mãos e gritou. Um segundo mais e ela teria saltado e corrido para Pavel Pavlovitch.

Mas os cavalos partiram.

CAPÍTULO 6
O Novo Capricho de um Ocioso

— Sente-se mal? — perguntou Veltchaninov, assustado. — Mando parar o carro e arranjo-lhe um pouco de água...

Lisa levantou para ele um olhar ardente cheio de reprovação.

— Aonde me leva? — perguntou asperamente, com voz entrecortada.

— A uma família encantadora, Lisa. A uns amigos que residem em um belo palacete, onde há muitas crianças que serão suas amigas. Eles são muito bons... Não se zangue, Lisa. Faço-o para o seu bem...

Se os seus conhecidos o vissem, nesse instante, como o estranhariam!

— O senhor... o senhor... Ah! como é mau! — disse Lisa, engasgada pelos soluços recalcados, fitando em Veltchaninov os belos olhos faiscantes de cólera.

— Lisa, eu...

— O senhor é um malvado, um malvado, um malvado! — clamou ela, torcendo as mãos.

— Lisa, querida — tornou Veltchaninov, desorientado —, se soubesse como me aflige!

— É verdade que ele irá amanhã? É verdade? — perguntou ela, em tom autoritário.

— É verdade, é verdade! Eu mesmo o levarei. Vou buscá-lo e o levarei aonde você estiver.

— Ele nos enganará — murmurou Lisa, baixando os olhos.

— Acaso ele não lhe quer bem, Lisa?

— Não; ele não me quer bem.

— Ele a maltratava, hem? Maltratava-a?

Lisa olhou-o sombriamente e guardou silêncio. Virou o rosto e manteve os olhos fixos teimosamente no chão. Veltchaninov tentou persuadi-la, falando-lhe com fervor, dominado ele próprio por uma espécie de febre. Lisa escutava, desconfiada, hostil; mas escutava. Essa atenção alegrou-o, animou-o a explicar que Pavel Pavlovitch tinha um fraco pela bebida; mas que ele o prezava e ia tomá-lo sob seu cuidado.

Afinal, a menina levantou os olhos e fitou Veltchaninov com mais atenção. Ele contou-lhe como lhe conhecera a mãe, Natália Vassilievna; e notou que a história interessava à garota. Aos poucos, ela começou a responder às perguntas; mas com prudência, por monossílabos, com uma espécie de obstinação. Não respondia absolutamente a perguntas de mais importância; guardava silêncio teimoso em relação à vida que levava com o pai. Conversando, Veltchaninov tomou-lhe, como pouco antes, a mão fina entre as suas. Lisa não a retirou. De quando em quando, aliás, ela saía de sua reserva; deixou entender, em termos explícitos, que outrora queria mais ao pai do que à mãe, porque o pai a tratava com mais carinho. Na hora da morte, porém, estando elas sozinhas, a mãe estreitara-a em um grande abraço, chorando... e desde esse instante Lisa tinha mais amor à sua mãe do que qualquer outra coisa neste mundo; e cada noite a adorava mais. Era, no entanto, uma criança muito reservada; percebendo que falara demais, tornou a fechar-se em seu mutismo, não sem lançar um olhar furioso a Veltchaninov, que a induzira a desatar a língua.

Quase no fim do percurso, Lisa estava menos nervosa; mas parecia muito alheia a tudo, fechada num rancor sombrio e persistente. Não a preocupava, aparentemente, o fato de estar sendo levada a uma casa desconhecida, onde nunca estivera. Era outra a causa de seu sofrimento. E Veltchaninov compreendia: Lisa envergonhava-se *dele* — do pai que a entregara tão facilmente a estranhos, como se quisesse livrar-se dela.

"Esta criança está doente... de alguma doença grave", pensava Veltchaninov. "Foi torturada... Tratante! Beberrão maldito! Compreendo-o afinal..."

Veltchaninov apressou o cocheiro.

Tinha grandes esperanças em uma vida nova para Lisa, o ar do campo, o jardim, as crianças... Depois... Não tinha dúvidas sobre o que viria depois; um futuro luminoso, de perspectivas deslumbrantes, entreabria-se para ele. De uma coisa, em todo caso, tinha certeza: nunca sentira o que sentia nesse instante; e assim havia de ser para o resto da vida...

"Eis a meta, eis a vida!", dizia a si mesmo, com exaltação.

Inúmeras ideias acudiam-lhe à mente; ele não se demorava a esmiuçá-las, evitava obstinadamente os pormenores; sem eles, tudo parecia claro e sólido. Seu plano geral urdia-se por si mesmo.

"Terei de agir sobre esse miserável, com toda a minha energia", dizia Veltchaninov, de si para si. "A princípio, ele deixará Lisa com os Pogoreltzevs por certo tempo; fixará um prazo e partirá sozinho. Ficarei com Lisa; eis tudo. E o que mais quero? Aliás... talvez ele mesmo não queira outra coisa; do contrário, por que a martirizaria assim?

Chegaram finalmente à casa de campo, que era com efeito muito bem situada. O grupo buliçoso de crianças apareceu na varanda e precipitou-se ao encontro dos visitantes. Fazia tempo que Veltchaninov não aparecia; os pequenos acolhiam-no com alegria extrema; tinham-lhe muita amizade. Os mais crescidos, antes mesmo que ele saltasse, bradavam, solícitos:

— E o seu processo? E o seu processo?

Os mais novinhos tomaram a frase e repetiam-na, entre risos e gritos. Eles zombavam assim de Veltchaninov, a respeito do processo. Mas, avistando Lisa, agruparam-se todos em torno dela e puseram-se a examiná-la, com a curiosidade silenciosa e atenta, própria das crianças. Apareceu depois Cláudia Petrovna, acompanhada do marido; e ambos, desde a primeira palavra, também o interrogaram jovialmente sobre o processo.

Cláudia Petrovna era uma senhora de uns trinta e sete anos, morena, forte, de rosto fresco e rosado, ainda belo. O marido, inteligente, ardiloso, mas bom antes de tudo, contava cinquenta e cinco anos. Em casa desses amigos, Veltchaninov sentia-se como em "seu próprio lar" — era sua expressão. Tinha, aliás, para isso, uma razão especial: vinte anos antes, Cláudia Petrovna por um triz não casara com Veltchaninov, então quase um garoto, um estudante. Fora, para os dois, o primeiro amor, amor apaixonado, ridículo e belo. Depois, no entanto, ela desposara Pogoreltzev. Cinco anos mais tarde, os ex-apaixonados tornaram a encontrar-se e nascera entre eles uma amizade pura, serena, embora iluminada de certa ternura, resíduo de seu amor. Tudo era limpo, irrepreensível, nas recordações de Veltchaninov relativas àquele passado; e ele tanto mais as prezava, porquanto representavam talvez uma exceção única em sua vida. No seio dessa família, ele se sentia simples, ingênuo e bom. Ocupava-se das crianças e sua atitude era invariavelmente sincera e franca. Mais de uma vez jurara aos Pogoreltzevs que, cedo ou tarde, viria instalar-se definitivamente em casa deles, para nunca mais os deixar; e pensava seriamente nesse plano.

Ele contou, com pormenores suficientes, o que seus amigos deviam saber a respeito de Lisa. Bastar-lhe-ia, aliás, exprimir um desejo, sem entrar em longas explicações. Cláudia Petrovna abraçou a "órfã", prometendo fazer por ela tudo o que estivesse ao seu alcance. As crianças apossaram-se de Lisa, para brincar com elas no jardim. Ao termo de meia hora de conversação animada, Veltchaninov levantou-se e despediu-se. Estava tão impaciente, que todos o perceberam. E estranharam: depois de uma ausência de três semanas, mal se demorava meia hora? Ele riu-se e jurou que voltaria no dia seguinte. Fizeram-no observar que estava muito comovido. Veltchaninov tomou as mãos de Cláudia Petrovna, com a desculpa de ter de lhe falar de um caso sério que ia quase esquecendo.

— Recorda-se do que contei, só a você, e que nem seu marido sabe, a respeito do que passei em T...?

— Lembro-me demais. Você falava tanto disso...

— Não falava; confessava-me a você; só a você. Nunca lhe disse o nome da mulher; era a esposa desse Troussotzky. Foi ela que morreu. Lisa é filha dela e minha filha.

— Tem certeza? Não se estará iludindo? — redarguiu Cláudia Petrovna, alvoroçada.

— Não, não! Não me iludo absolutamente! — replicou Veltchaninov, entusiasmado.

E contou tudo, com a possível brevidade, com pressa febril. Cláudia Petrovna estava a par dos fatos; só ignorava o nome da dama. Veltchaninov tinha tamanho terror de que algum conhecido seu encontrasse a sra. Troussotzky e viesse a saber que *ele*, Veltchaninov, pudesse amar *assim* essa mulher, que nem a Cláudia Petrovna se atrevera a revelar o nome "dessa mulher".

— E o pai não sabe de nada? — perguntou a senhora, quando ele se calou.

— Sabe... E justamente o que me faz sofrer é que ainda não compreendo tudo — replicou Veltchaninov, com calor. — Ele sabe, sabe! Eu bem o percebi ontem e hoje. Mas tenho de averiguar o que ele sabe. Eis por que tenho pressa. Ele deve vir logo mais. Por outro lado, não entendo bem como ele poderia saber, saber de tudo. Está a par do que diz respeito a Bagaoutov; quanto a isso não há dúvida. Mas a meu respeito? Você sabe muito bem como, num caso destes, as mulheres conseguem persuadir o marido. Venha um anjo do céu; o marido não acreditará no anjo; acreditará na mulher. Não sacuda a cabeça, não me condene. Eu já me julguei, já me condenei, há tanto tempo, há tanto tempo!... Olhe, há pouco eu estava tão certo de que ele sabe de tudo, que me comprometi francamente à vista dele. Acredite, envergonho-me tanto, pesa-me tanto ter acolhido esse homem com tamanha grosseria ontem... Eu lhe contarei isso mais tarde, em detalhes... Ontem, Pavel foi à minha casa, movido pelo impulso malévolo, irresistível, de me fazer compreender que conhecia a ofensa e sabia o nome do ofensor. Eis a causa única de sua aparição absurda, de madrugada, meio bêbado. Mas, da parte dele, isso é tão natural!... Foi justamente para me desconcertar. E eu me portei em tudo isto, ontem e hoje, com excesso de ardor. Fui imprudente, idiota! Denunciei-me. Por que havia esse homem de me aparecer num momento em que eu estava tão nervoso? Já lhe disse; ele torturava Lisa, uma criança! Para a humilhar também, para desabafar a raiva, nem que fosse sobre uma inocente. Sim, ele agora está exasperado; por mais nulo que seja, transborda de rancor. É um farsante, sem dúvida, embora em outro tempo, juro-lhe, parecesse um homem de bem, tanto quanto possível. Aliás, é tão natural que ele se tenha dado ao vício! Minha prezada amiga, temos o dever de olhar essas coisas com olhos de cristãos. E pretendo mudar completamente de atitude para com esse homem. Quero mostrar-me paciente; e creio que será, da minha parte, uma "boa ação". Sim; seja como for, diante desse homem, eu sou culpado. Escute, vou confessar-lhe mais uma coisa: certa vez, em T..., precisei de repente de quatro mil rublos. Pois bem, Troussotzky emprestou-me a quantia imediatamente, sem nenhum documento, contente com fazer-me um favor. E aceitei o dinheiro, aceitei-o das mãos dele, compreende? Eu pedia-lhe dinheiro a título de amigo!

— Mas seja prudente! — recomendou Cláudia Petrovna, apreensiva. — Como se exalta! Assusta-me. Evidentemente, por hora, Lisa é minha filha. Mas falta elucidar tanta coisa! E, acima de tudo, domine-se. Precisa agir com cautela, quando se sente feliz, ou exaltado, como agora. Você é muito generoso — concluiu Cláudia, sorrindo.

A família inteira acompanhou Veltchaninov até a porta. As crianças trouxeram Lisa, que se entretinha com elas no jardim. E olhavam seu velho amigo, mais intrigadas do que pouco antes.

Lisa perdeu de vez a compostura, quando Veltchaninov se despediu dela, beijando-a em presença de todos e, repetindo-lhe calorosamente a promessa de voltar, na manhã seguinte, com o pai. Até o último instante, a menina olhava-o, sem dizer palavra. De súbito, agarrou-lhe a manga, puxou-o de parte, com uma súplica no olhar: queria dizer-lhe uma coisa. Veltchaninov levou-a à sala vizinha.

— Que há, Lisa? — perguntou em tom carinhoso, insinuante.

Ela, continuando a olhar em torno de si, apreensiva, arrastou-o, ao canto mais distante, como se quisesse esconder-se de todos.

— Que há, Lisa? Que há?

A menina continuava calada; não se decidia a abrir a boca. Fitava em Veltchaninov seus olhos azuis, e todos os traços de seu rosto delicado exprimiam apenas uma espécie de desvario.

— Ele... se enforcará... — murmurou ela, como em delírio.

— Quem se enforcará? — acudiu Veltchaninov, espantado.

— Ele! Ele! Já quis enfiar a cabeça no laço esta noite — explicou a menina, arquejando. — Eu vi! Queria enforcar-se, há pouco. Ele me disse! Disse! Há muito tempo quer fazer isso! Desde sempre... Eu vi, de noite...

— Não é possível! — murmurou Veltchaninov, desconcertado.

Lisa beijou-lhe impulsivamente as mãos; chorava, engasgada pelos soluços. Rogava, implorava, e Veltchaninov não conseguia entender-lhe as frases entrecortadas. Lembrou-se, porém, do olhar de terror da criaturinha martirizada; o olhar desvairado de medo, cravado nele, com uma expressão de suprema esperança, o perseguia até em seus sonhos.

"É possível que Lisa o queira tanto?", pensava Veltchaninov, enciumado, vibrando de impaciência febril, a caminho da cidade. "Ainda há pouco, ela me disse que gostava mais da mãe... Talvez seja mais ódio que amor... E essa invenção de se enforcar? Enforcar-se! Que dizia a pequena? Enforcar-se, esse imbecil? É preciso tirar isso a limpo; é preciso! E achar, o quanto antes, uma solução... uma solução definitiva.

CAPÍTULO 7
O Marido e o Amante Beijam-se

Ele tinha um desejo irresistível de "saber".

"Há pouco eu estava fora de mim, há pouco faltou-me tempo para averiguar", dizia consigo, evocando o primeiro encontro com Lisa. "Mas agora, preciso saber tudo."

Na ânsia de apressar as coisas, em sua impaciência, decidiu ir diretamente à residência de Troussotzky; logo mudou de ideia.

"Não; é preferível que ele vá a minha casa; entretanto, despacharei de vez os malditos negócios."

Empenhou-se febrilmente em terminá-los, mas forçoso lhe foi reconhecer que estava muito distraído, incapaz de concentrar a atenção, nesse momento. Pelas cinco horas, indo jantar, teve de repente uma ideia que lhe pareceu cômica: talvez ele só concorresse, de fato, para retardar o andamento de seu processo, intervindo pessoalmente, azafamando-se, rondando os tribunais, perseguindo o advogado que visivelmente o evitava. Essa reflexão súbita o fez rir.

"Se me lembrasse disso ontem, eu me desolaria", pensou Veltchaninov mais e mais satisfeito.

Apesar de sua alegria, estava cada vez mais distraído e impaciente. Caiu, enfim, numa espécie de devaneio. Seu pensamento inquieto procurava fixar-se em várias coisas e não conseguia deter-se no que mais o interessava.

— É dele que eu preciso... desse homem! — decidiu finalmente. — Começarei por decifrar Pavel... Depois, decidirei. É um verdadeiro duelo.

Regressando a casa pelas sete horas, não encontrou Pavel Pavlovitch, o que o surpreendeu a princípio; depois o enfureceu e por último causou-lhe uma impressão muito desagradável: uma impressão de medo...

— Sabe Deus, sabe Deus, como isto vai acabar!... — repetia Veltchaninov continuamente, ora andando de um lado para outro, ora estendendo-se no divã, sem perder de vista o relógio de parede.

Faltava pouco para as nove, quando Pavel Pavlovitch apareceu afinal.

"Se isso é esperteza, dificilmente ele acharia melhor meio de me pôr fora de mim; estou completamente desorientado..."

Mas, ao mesmo tempo que fazia essa reflexão, sentia-se de súbito muito alegre, muito à vontade.

À sua pergunta, feita em tom bem-humorado: "Por que demorou tanto?", Pavel Pavlovitch ensaiou um sorriso contrafeito, sentou-se com certo desembaraço, muito diferente da véspera, e atirou displicentemente a uma cadeira o chapéu de fita preta. Veltchaninov notou logo essa atitude e recomendou a si próprio muito cuidado.

Calmamente, sem palavras inúteis, já sem a emoção de pouco antes, relatou os episódios de sua viagem com Lisa, o acolhimento de seus amigos. Fez ver a utilidade de uma estada no campo para a saúde da menina; aos poucos como se a esquecesse, passou a ocupar-se exclusivamente dos Pogoreltzevs. Falou da bondade desse casal amigo, dos laços antigos de amizade que os uniam, da situação importante de Pogoreltzev, de seu prestígio, de sua afabilidade e coisas análogas. Pavel Pavlovitch escutava distraidamente, sorrindo às vezes com ar de malícia e desdém, enviesando de espaço a espaço um olhar disfarçado ao seu interlocutor.

— O senhor é um entusiasta! — observou enfim, com um sorriso singularmente malévolo.

— E você, hoje, particularmente desagradável! — rebateu Veltchaninov, em tom jovial.

— Por que não hei de ser mau como toda gente? — prorrompeu Pavel Pavlovitch, como se acionasse uma mola.

Dir-se-ia que esperava justamente o ensejo para se ressentir.

— Como quiser — tornou Veltchaninov, com um sorriso irônico. — Julguei que lhe tivesse acontecido alguma coisa.

— Aconteceu-me de fato alguma coisa — replicou Pavel Pavlovitch, como quem se vangloria.

— Que foi?

Pavel Pavlovitch não respondeu logo.

— Sim, é mais uma vez Stephane Mikhailovitch... Bagaoutov que faz das suas, o moço elegante de São Petersburgo, o cavalheiro da melhor sociedade...

— Negou-se a recebê-lo.

— Não... Desta vez, pelo contrário, ele me recebeu. Pela primeira vez deixaram-me entrar, pude contemplar-lhe as feições... Eram, porém, as feições de um defunto!...

— Como! Bagaoutov morreu? — exclamou Veltchaninov, estupefato, embora, afinal de contas, não tivesse motivos para se surpreender.

— Sim... nosso velho e fiel amigo! Morreu ontem, pelo meio-dia. E eu que não sabia de nada! Talvez no momento exato em que fui saber notícias dele. O enterro é amanhã. Ele já está no caixão forrado de veludo vermelho, com galões de ouro. Morreu de febre. Sim, deram-me licença para entrar e ver-lhe o rosto. Eu disse que ele me considerava seu sincero amigo e deixaram-me entrar. Mas, diga se não me pregou uma boa peça o velho e caro amigo! Quando me lembro que foi quase que só para ver Bagaoutov que vim a São Petersburgo!

— Mas por que se aborrece? — acudiu Veltchaninov. — Ele não fez isso de propósito.

— Estou falando, porque lamento esse excelente amigo... Nem imagina o que ele foi para mim!

De súbito, com um gesto imprevisível, Pavel Pavlovitch esticou dois dedos acima da testa calva, à maneira de chifres, e entreabriu os lábios em longo riso silencioso. Permaneceu assim, com os cornos na fronte, pelo espaço de meio minuto, rindo-se, encarando Veltchaninov com uma espécie de descaramento triunfante. Veltchaninov olhava-o, petrificado, como se visse um espectro. Mas seu assombro pouco durou; um sorriso calmo, escarninho, quase insolente, perpassou-lhe nos lábios. E ele perguntou com indiferença, arrastando as palavras:

— Que quer dizer isso?

— Isto são cornos — respondeu brutalmente o outro.

— Seus?

— Naturalmente! Meus e bem merecidos!

Pavel Pavlovitch torceu os lábios, em outro sorriso maldoso.

Houve um silêncio.

— Você tem coragem! — recomeçou Veltchaninov.

— Por quê? Porque lhe mostrei os chifres? Olhe, Alexei Ivanovitch, seria bom que me oferecesse alguma coisa. Eu o acolhi, sentei-o à minha mesa um ano, em T..., todos os dias que o Senhor fazia romper na terra... Mande trazer uma garrafa. Tenho a garganta seca.

— Com muito gosto!... Por que não disse antes? Que prefere você?

— Por que diz "você"? Diga "nós"! Nós vamos beber juntos, não é? — insistiu Pavel Pavlovitch, encarando Veltchaninov com ar provocante, mas ao mesmo tempo com singular preocupação.

— Champanha?

— Que mais há de ser? Ainda não descemos até a vodca!...

Veltchaninov levantou-se sem muita pressa. Chamou Mavra e deu-lhe as ordens.

— Ao prazer de nosso feliz reencontro, depois de nove anos de separação — ensaiou Pavel Pavlovitch, sem nenhum sucesso nessa tentativa de gracejo. — Só tenho agora um amigo, um verdadeiro amigo: o senhor. Stephane Mikhailovitch Bagaoutov já não existe. E, como diz o poeta:

"O grande Patroclo já não existe,
Mas o vil Tersites está vivo!"

E, ao pronunciar "Tersites", Pavel apontou o dedo para Veltchaninov.

"Ande, animal! Explique-se de uma vez! Não gosto de alusões!", disse este para si mesmo. Fervia de cólera; já havia muito que se continha a custo.

— Diga uma coisa — começou com mau humor. — Se acusa assim Stephane Mikhailovitch (já não o chamava familiarmente Bagaoutov), é uma felicidade para você que seu ofensor tenha morrido. De que se queixa?

— Por que é uma felicidade? Que felicidade?

— Estou julgando de acordo com seus sentimentos.

— Ih! Ih! Nesse caso, engana-se a respeito de meus sentimentos. Disse o sábio: "Um inimigo morto é bom; um inimigo vivo é muito melhor." Ih! Ih! Ih!

— Mas parece-me que você o teve vivo, diante dos olhos, cinco anos, dia a dia. Sobrou-lhe tempo para contemplá-lo — retrucou Veltchaninov, maldosamente e com insolência.

— Acaso então, eu sabia? — exclamou Pavel Pavlovitch, como se mais uma vez o impelisse uma mola e até com certa alegria, como quem ouve afinal a pergunta que esperava há muito tempo. — Por quem me toma, nesse caso, Alexei Ivanovitch?

Uma expressão nova, imprevista, brilhou no olhar de Pavel, transformou-lhe completamente a fisionomia torcida, até aí, numa careta abjeta e perversa.

— Como? É possível que você não soubesse de nada? — exclamou Veltchaninov, desorientado, no auge da estupefação.

— Podia saber? Podia saber? Oh! vocês, raça de Júpiter! Para os senhores, um homem não é mais que um cão; julgam seus semelhantes pela sua índole miserável! Eis para vocês! Engula isto! — e esmurrou a mesa com fúria; mas seu gesto assustou-o e seu olhar tomou uma expressão apreensiva.

Veltchaninov empertigou-se.

— Escute, Pavel Pavlovitch! A mim tanto me faz que você soubesse ou não. Se não sabia, isso até o honra francamente, embora... Afinal de contas, não compreendo por que me escolheu para confidente...

— Não era ao senhor que eu queria visar... Não se zangue; não era ao senhor — murmurava Pavel Pavlovitch, com os olhos cravados no chão.

Entrou Mavra, com o champanha.

— Finalmente! — clamou Pavel, visivelmente satisfeito com essa diversão. — Copos, mãezinha, copos! Muito bem! Não precisamos de outra coisa, minha cara! Já desarrolhada? Viva, encantadora criatura! E agora, suma-se!

Recobrando o domínio de si mesmo, o homem de luto tornou a encarar Veltchaninov com insolência.

— Confesse — escarneceu de súbito — que o assunto o interessa muitíssimo e não lhe é de modo algum "indiferente", como se dignou dizer; tanto que ficaria desolado se, neste momento, eu me levantasse e saísse, sem lhe dar explicações.

— Sinceramente que não me causaria o menor desprazer!

"Mente", dizia o sorriso de Pavel Pavlovitch.

— Pois bem, comecemos... — Pavel encheu os copos. — Bebamos! — acrescentou, erguendo o seu. — Bebamos à saúde do pobre amigo Stephane Mikhailovitch, que expirou na paz do Senhor.

Levantou o copo e bebeu.

— Não admito esse brinde e não beberei! — disse Veltchaninov, pousando o copo.

— Mas por quê? É um brinde gentil.

— Escute! Quando chegou, você estava bêbado?

— Com efeito; eu tinha bebido um pouco. Por que pergunta?

— Por nada... Mas, ontem e sobretudo esta manhã, tive a impressão de que você lamentava sinceramente Natália Vassilievna.

— E quem lhe diz que não a lamento agora?

E Pavel Pavlovitch endireitou-se com um movimento súbito, como pouco antes.

— Não é disso que se trata. Mas concorde em que poderia enganar-se a respeito de Stephane Mikhailovitch; isso é grave.

Pavel Pavlovitch teve um sorriso malicioso e piscou um olho.

— Ah! O que você quer é saber como consegui descobrir a verdade, acerca de Stephane Mikhailovitch!

Veltchaninov corou.

— Repito-lhe que isso me é indiferente! "Se eu o pusesse na rua, com sua garrafa?", perguntou-se, com raiva, corando ainda mais.

— Isso não é nada — tornou Pavel Pavlovitch, como para o animar, enchendo de novo o copo. — Vou explicar-lhe como cheguei a saber; assim, satisfarei seu desejo mais ardente... Porque você é um homem ardente, Alexei Ivanovitch, um homem extremamente ardente! Ih... Ih!... Mas, dê-me um cigarro... porque desde o mês de março...

— Tome o cigarro...

— Desde o mês de março, Alexei Ivanovitch, eu resvalei para o vício. E veja como isso aconteceu. Escute. Como bem sabe, meu caro amigo — Pavel tornava-se mais e mais confiado —, a tuberculose é uma doença curiosa. Sucede continuamente que o tuberculoso morra, sem desconfiar de que, no dia seguinte, já não seria deste mundo. Digo-lhe que, cinco horas antes de morrer, Natália Vassilievna preparava-se para visitar, duas semanas depois, a tia que morava a umas quarenta verstas de distância. Por outro lado, talvez você conheça a mania de certas damas e cavalheiros; a mania de guardar em casa toda espécie de velharias ligadas à sua correspondência amorosa. O mais acertado seria jogá-las ao fogo, não acha? Qual! Guardam zelosamente pedaços de papel nos seus cofrezinhos, nas suas caixinhas, numerando-os até e classificando-os, pelo ano, pela data. Não sei se isto é consolo; parece-me que é a maneira de renovar sensações agradáveis. Pois bem: dispondo-se, cinco horas antes de morrer, a ir ver a tia, Natália Vassilievna nem pensava, evidentemente, na morte e sempre esperava o doutor Koch. Aconteceu, portanto, que Natália Vassilievna morreu e a caixinha de madeira preta, incrustada de prata e madrepérola, ficou na escrivaninha... Uma caixinha bonitinha que se fechava a chave; estava desde muito tempo na família; vinha de sua avó. Sim, e foi graças a essa caixinha que descobri tudo, tudo sem exceção, dia a dia, de ano a ano, num lapso de vinte anos. E como Stephane Mikhailovitch tinha verdadeira paixão pela literatura e tinha mesmo enviado à redação de uma revista uma narrativa muito comovente, aconteceu que a caixinha guardava pelo menos uma centena de suas produções. É verdade que aquilo durou cinco anos... Certos números tinham sido anotados, de próprio punho, por Natália Vassilievna. Muito agradável para um marido, não lhe parece?

Veltchaninov reuniu rapidamente suas recordações; lembrou-se de que nunca endereçara a Natália nem cartas nem bilhetes. Escrevera duas vezes de São Petersburgo, mas ao casal, conforme ficara combinado. E deixara sem resposta a última carta de Natália Vassilievna, a carta com que ela o despedia definitivamente.

Terminada sua narração, Pavel Pavlovitch calou-se um minuto bem medido, sorrindo com insistência, como se solicitasse uma resposta.

— Mas por que não respondeu à minha pergunta? — indagou afinal, visivelmente sentido.

— Que pergunta?

— Ora! A respeito dos sentimentos de um marido que descobre uma caixinha desse gênero!

— Oh! Que tenho eu com isso? — retorquiu Veltchaninov, com um gesto impaciente, levantando-se para percorrer a peça de um a outro lado.

— Aposto em que você está dizendo consigo: "Esse porco tem a audácia de ostentar assim sua desonra!" Ih!... Ih!... Ih!... Você pode dar-se a esse luxo... Você pode...

— Nem pensei em semelhante coisa. Pelo contrário; você está muito irritado com a morte de seu ofensor; e, ainda por cima, bebeu demais. Não vejo nisso nada de extraordinário e compreendo perfeitamente por que você precisava que Bazaoutov estivesse vivo. Respeito sua irritação, mas...

— E por que, em sua opinião, precisaria eu de Bagaoutov?

— Isso é da sua conta.

— Aposto em que pensou num duelo!

— Vá para o diabo! — exclamou Veltchaninov, mais e mais incapaz de se conter. — Eu supunha que todo homem de honra... em casos desse gênero, evita mexericos ridículos, caretas estúpidas, subentendidos abjetos que o desonram mais. O que lhe convém fazer é agir francamente, como homem de bem!

— Ih!... Ih!... Ih! Quem sabe se não sou homem de bem?

— Isso também é da sua conta... Mas então, para que diabo queria você Bagaoutov?

— Ora! Nem que fosse para admirar esse caro amigo! Abriríamos uma garrafa que esvaziaríamos amistosamente juntos.

— Ele não beberia com você.

— Por quê? *Noblesse oblige!* Acaso você não bebeu? Em que ele lhe era superior?

— Eu não bebi.

— De onde lhe vem de repente esse orgulho?

Veltchaninov desatou a rir nervosamente.

— Demônios! Você é, de fato, um "tipo feroz". Julguei que não passasse de um "eterno marido".

— Que é, afinal, um "eterno marido"? Que significa isso? — perguntou Pavel Pavlovitch, desconfiado.

— É um determinado tipo de marido. A explicação levaria muito tempo. Vá para casa, é melhor. Aliás, já são horas e você me aborrece.

— E "feroz"? Você disse "feroz".

— Eu disse que você é um "tipo feroz". Disse brincando.

— Que é um "tipo feroz"? Faça o favor de me explicar, Alexei Ivanovitch, em nome de Deus, ou, então, em nome de Cristo!

— Chega! Chega! — atalhou Veltchaninov, num assomo de cólera. — Já é tempo de você ir. Vá para casa!

— Não, não basta! — gritou Pavel Pavlovitch, num sobressalto. — Embora eu o importune, ainda não me basta, porque antes devemos brindar e beber. Bebamos e irei para casa. Agora, não.

— Pavel Pavlovitch, você vai ou não vai para o diabo?

— Poderei ir para o diabo; mas, antes disso, havemos de beber. Você disse expressamente que não quer beber *comigo;* e eu *quero* justamente que beba comigo.

Pavel Pavlovitch já não fazia caretas nem gracejava. De súbito, alguma coisa mudara nele; seu aspecto e seu tom eram tão diferentes que Veltchaninov pasmou.

— Então, Alexei Ivanovitch, bebemos ou não? Não me negue isso! — continuou Pavel Pavlovitch, agarrando-lhe a mão e encarando-o com uma expressão singular.

O importante, para ele, não era evidentemente o copo de vinho.

— Talvez... Está bem, sim, beberei — gaguejou Veltchaninov. — Mas... este é vinho aguado!...

— Restam apenas dois copos... É mesmo ruim; mas beberemos e brindaremos. Aqui está o seu.

Tocaram os copos e beberam.

— Pois bem: se é assim, se é assim... Ah!

Pavel Pavlovitch apertou a cabeça nas mãos e ficou nessa posição alguns instantes. Veltchaninov teve a impressão de que o outro ia pronunciar enfim a palavra definitiva. Mas Pavel Pavlovitch não falou. Encarou Veltchaninov e entreabriu os lábios, num largo sorriso silencioso — o sorriso de momentos antes, malicioso, cheio de subentendidos.

— Que quer de mim, beberrão maldito? Diverte-se à minha custa! — prorrompeu Veltchaninov, exasperado, batendo o pé.

— Não grite, não grite! Que adianta gritar? — acudiu Pavel, acalmando-o com o gesto. — Não me divirto à sua custa, não! Sabe o que você é agora, para mim?

Com um movimento impulsivo, agarrou-lhe a mão e beijou-a. Veltchaninov ficou petrificado.

— Eis o que você é hoje para mim. E agora, vou para o diabo...

— Espere, espere! — bradou Veltchaninov, voltando a si. — Esqueci-me de lhe dizer...

Pavel Pavlovitch já estava à porta; voltou-se.

— Escute — murmurou Veltchaninov, nervoso, corando, desviando os olhos —, você poderia, sem falta, ir à casa dos Pogoreltzevs amanhã... para conhecê-los... para agradecer... sem falta...

— Sim, sem falta! Compreendo-o muito bem — disse Pavel Pavlovitch, com extrema solicitude, indicando com um gesto breve que nem seria necessário lembrar-lhe aquilo.

— Além disso, Lisa o espera com impaciência. Eu prometi...

— Lisa! — Pavel Pavlovitch voltou atrás. — Sabe o que era Lisa para mim? O que ela era e o que é? Sim, o que ela era e o que é? — gritou subitamente, quase fora de si. — Mas... Eh!... Eh!... Isso fica para mais tarde, fica para mais tarde... E agora, fique sabendo, Alexei Ivanovitch, não me basta que tenhamos bebido juntos; preciso ainda de outra satisfação...

Pavel atirou o chapéu à mesa e encarou Veltchaninov como pouco antes, resfolegando.

— Beije-me, Alexei Ivanovitch! — propôs de repente.

— Você está embriagado! — clamou o outro, com um sobressalto.

— Está bem, mas beije-me assim mesmo, Alexei Ivanovitch, beije-me. Ainda há pouco, eu não lhe beijei a mão?

Alexei Ivanovitch guardou silêncio uns momentos, como se houvesse recebido uma pancada no crânio. Depois, subitamente, curvou-se para Pavel Pavlovitch, que mal lhe chegava ao ombro, e beijou-lhe a boca de onde se exalava um cheiro forte de vinho. Veltchaninov, aliás, não tinha certeza absoluta de o ter beijado.

— Pois bem, agora... agora... — clamou de novo Pavel Pavlovitch, numa espécie de êxtase, com os olhos faiscando. — Ouça o que lhe digo: há pouco, pensei: "Como? Esse também? Se ele também, em quem hei de acreditar, então?"

Pavel Pavlovitch rompeu de repente em lágrimas.

— Compreende agora que amigo você é para mim?

E saiu correndo, de chapéu na mão.

Veltchaninov permaneceu uns momentos imóvel, no meio do quarto, como por ocasião da primeira visita de Pavel Pavlovitch.

"Ah! Ele não passa de um farsante ébrio, nada mais" — concluiu, de si para si, com um gesto desdenhoso.

"Não, nada mais!" — repetiu com energia, depois de se despir.

E deitou-se.

CAPÍTULO 8
Lisa Adoece

Na manhã seguinte, enquanto esperava Pavel Pavlovitch, que prometera vir pontualmente, para irem os dois à casa dos Pogoroltzevs, Veltchaninov andava pelo quarto, tomando seu café aos goles e fumando. Tinha a sensação muito nítida de se parecer com um homem que, acordando de manhã, se recordasse continuamente de haver sido esbofeteado na véspera.

"Hum! Ele compreende demais a situação; e vai vingar-se de mim, servindo-se de Lisa", pensava, apreensivo.

A imagem meiga e triste da pobre menina surgiu-lhe ante os olhos. E o coração de Veltchaninov pulsou mais depressa, à ideia de que ia ver dentro em pouco a querida garota.

"Nem se discute!" — concluiu com entusiasmo. — "Ela é a minha vida, a finalidade de minha existência. Que significam essas injúrias, essas recordações? Em que empreguei minha vida até agora? Ela foi só desordem e tristeza... E agora, tudo será diferente, tudo diferente!"

Mas, a despeito de seu entusiasmo, sentia-se mais e mais preocupado.

"Ele vai atormentar-me, servindo-se de Lisa. É evidente. E vai torturar Lisa. É assim que ele se vingará de *tudo*. Hum!... Não posso, naturalmente, permitir a repetição de seus despropósitos de ontem!

Veltchaninov corou.

"O caso é que ele não vem; e já falta pouco para o meio-dia."

Veltchaninov esperou muito tempo, até a meia hora, com angústia crescente. Afinal, a suspeita que já o assaltara momentos antes, a ideia de que o outro não viria, de propósito, exclusivamente para repetir a tática da véspera, pô-lo fora de si.

— Pavel sabe que dependo dele. Como vai ser agora, com Lisa? Como posso apresentar-me diante dela, sem ele?

Incapaz de se conter por mais tempo, à uma hora correu a Pokrov. No hotel, disseram-lhe que Pavel Pavlovitch passara a noite fora; só entrara às nove da manhã e tornara a sair quinze minutos depois. Parado à porta do aposento de Pavel Pavlovitch, Veltchaninov ouvia as explicações da camareira, girando maquinalmente a maçaneta, procurando abrir. Caindo em si, afastou-se da porta e pediu que o levassem à presença de Maria Syssoievna. Esta, porém, informada da chegada de Veltchaninov, já vinha espontaneamente recebê-lo.

Era uma excelente criatura, "uma senhora de sentimentos nobres", como a definiu Veltchaninov, referindo o episódio a Cláudia Petrovna. Interrogou-a sobre o modo de vida de Lisa e a boa mulher contou-lhe logo o que sabia a respeito de Pavel Pavlovitch.

No seu dizer, "não fosse a menina", ela o teria posto na rua há muito tempo. Pavel já fora expulso do hotel pelo seu procedimento escandaloso. Não era pecado levar ao quarto mulheres de má fama, havendo ao lado uma menina que já compreendia tudo? E Pavel Pavlovitch gritava a Lisa: "Ela será tua mãe, se eu quiser!" Acredite, se o desejar, ela não é mais que uma menina, mas cuspiu na cara dele. E ele berrava: "Tu não és minha filha; és uma bastarda!"

— Que me diz! — exclamou Veltchaninov, estarrecido.

— Eu mesma ouvi. Ele estava ébrio, é verdade, fora de si. Mas há coisas que, nem assim, se dizem diante de uma criança. Lisa é muito nova, mas seu espírito trabalha; e ela compreende. Vive chorando; eu vejo que ela sofre. Ora, dias atrás, aconteceu uma desgraça em nosso pátio: um comissário alugou um quarto ao anoitecer e, na manhã seguinte, enforcou-se; dizem que por ter dado um desfalque na caixa... Toda a vizinhança acudiu. Pavel Pavlovitch não estava em casa e ninguém olhava pela menina. E que vejo? Lisa, no corredor, no meio do ajuntamento, olhando o enforcado com uma cara esquisita. Logo a tirei de lá. E sabe? A garota começou a tremer, a ficar com o rosto roxo. Mal a levei para dentro, caiu em convulsões. A muito custo, consegui que ela voltasse a si. Desde esse dia, tem estado sempre doente. Quando voltou e soube do ocorrido, Pavel Pavlovitch beliscou o corpo da criança todo. Porque ele não bate nela; dá-lhe beliscões. Depois bebeu e lembrou de meter medo à menina: "Eu também acabarei enfocando-me, por tua causa, com esta corda." E mostrava o cordão da cortina, no qual começou a dar um nó corrediço, em presença da filha. Ela ficou quase doida. Gritava e abraçava o pai: "Não faço mais! Não faço mais, nunca mais!" Dava pena, a pobrezinha!

Por mais que Veltchaninov contasse ouvir coisas, essa história surpreendia-o tanto, que lhe custava dar-lhe crédito. E Maria Syssoievna fez mais uma revelação: certa vez, se ela não andasse por ali, a pequena se atiraria da janela.

Veltchaninov deixou o hotel, cambaleando como ébrio.

— Mato-o, como se mata um cão, a bordoadas na cabeça! — repetia consigo.

Tomou um carro de praça e deu o endereço dos Pogoreltzevs. Ainda na cidade, em certa encruzilhada, próximo de uma ponte sobre um canal, o carro teve de parar, a fim de dar passagem a um cortejo fúnebre. Havia pedestres e veículos parados dos dois lados da ponte. Tratava-se de um enterro luxuoso; as carruagens formavam extensa fila. Ao postigo de uma delas, Veltchaninov reconheceu Pavel Pavlovitch. Duvidaria de seus olhos, se Pavel Pavlovitch não espichasse a cabeça fora do postigo, para o cumprimentar afavelmente. Parecia contentíssimo em ter visto Veltchaninov; fez-lhe até um sinal amistoso. Veltchaninov saltou de seu carro e, a despeito do ajuntamento e dos policiais, embora a carruagem de Pavel já estivesse andando, chegou até a sua portinhola. Pavel estava sozinho.

— Que é isso? — gritou-lhe Veltchaninov. — Por que não apareceu? Que faz aqui?

— Presto as últimas homenagens. Não grite! Não grite! Presto as derradeiras homenagens — respondeu Pavel Pavlovitch, com um risinho malicioso. — Acompanho à última morada os despojos de meu excelente amigo Stephane Mikhailovitch.

— Que absurdo, bêbado, idiota que você é! — gritou com mais força Veltchaninov, depois de breve perplexidade. — Desça daí imediatamente e acompanhe-me! Imediatamente!

— Não vou, não. O dever...

— Eu o tirarei daí à força! — berrou Veltchaninov.

— E eu chamarei... chamarei a polícia.

Pavel Pavlovitch continuava a rir-se regaladamente, como se ouvisse uma pilhéria; mas encolhia-se prudentemente no canto oposto.

— Atenção! Olhe que pode ser atropelado! — advertiu um policial.

Efetivamente, um carro estranho ao cortejo rompia a fila, causando certa confusão no agrupamento. Veltchaninov teve de cuidar de si; outras carruagens o impeliram para mais longe. Ele cuspiu de raiva e voltou ao seu carro.

— Em todo caso — dizia consigo, surpreso e contente —, no estado em que ele se encontra eu não o poderia levar à pequena...

Depois de ouvir dele a história de Maria Syssoievna e o encontro de pouco antes, Cláudia Petrovna ficou pensativa.

— Preocupo-me por você — disse ela a Veltchaninov. — Corte toda relação com ele; e, quanto antes, melhor.

— Ele é um farsante, um ébrio! — protestou Veltchaninov, encolerizado. — Mas como posso cortar as relações com ele, havendo Lisa? Pense em Lisa!

Ora, Lisa estava doente. Tivera febre, na véspera. Esperava-se a chegada de um médico famoso que haviam mandado buscar em São Petersburgo, de manhã cedo... A notícia acabou de transtornar Veltchaninov. Cláudia Petrovna levou-o à cama da doente.

— Eu a observei muito ontem — disse, parando à porta do quarto. — A menina é altiva, reservada. Envergonha-se de estar aqui, de ser abandonada pelo pai; eis, a meu ver, em que consiste sua doença.

— Abandonada? Por que pensa você que ele a tenha abandonado?

— Só o fato de permitir que ela fosse para uma casa desconhecida, com uma pessoa... também quase desconhecida, ou com a qual esse pai se dava...

— Mas eu a tirei de lá à força! Não me parece...

— Ah! meu Deus! É Lisa, a criança, quem vê as coisas por outro prisma! A meu ver, ele nunca virá, simplesmente.

Lisa não mostrou estranhar que Veltchaninov aparecesse sozinho; acolheu-o com um sorriso triste e voltou para a parede a cabeça que ardia em febre. Não respondeu às tímidas consolações nem às promessas ardentes de seu novo amigo, que jurava trazer-lhe o pai, no outro dia. Saindo do quarto, Veltchaninov desatou a chorar.

O médico só chegou ao entardecer. Depois de examinar a doente, alarmou a família inteira, desde as primeiras palavras, lamentando que não o tivessem chamado mais cedo. Quando lhe disseram que a moléstia só se manifestara na véspera, o grande médico nem queria acreditar.

— Tudo depende de como ela passará a noite — disse, afinal.

Receitou e retirou-se, prometendo voltar na manhã seguinte, o mais cedo possível. Veltchaninov queria, a todo transe, passar a noite em casa dos Pogoreltzevs; mas a própria Cláudia Petrovna insistiu em que ele tentasse mais uma vez trazer "aquele monstro".

— Mais uma vez? — exclamou Veltchaninov, curioso. — Trago-o amarrado com as minhas mãos!

A ideia de amarrar Pavel Pavlovitch e trazê-lo à força dominou-o a tal ponto, que ele se encheu de impaciência.

— Já não me sinto absolutamente culpado com ele — declarou a Cláudia Petrovna, despedindo-se. — Renego — acrescentou, com raiva — todas as palavras sentimentais e covardes que pronunciei aqui mesmo.

Deitada, com os olhos fechados, Lisa parecia estar dormindo. Quando Veltchaninov se curvou, para beijar-lhe pelo menos a barra do vestido, a menina abriu de repente os olhos, como se o esperasse; e cochichou:

— Leve-me daqui...

Era uma súplica meiga e triste, sem sombra da irritação da véspera. Ele, porém, compreendia que a própria Lisa não esperava ser atendida. Mal Veltchaninov, no auge do desespero, procurou persuadi-la de que era impossível, a menina fechou silenciosamente os olhos e não tornou a dizer palavra, como se já não o estivesse vendo nem ouvindo.

Chegando à cidade, Veltchaninov foi diretamente a Pokrov. Eram nove horas. Pavel Pavlovitch não estava em casa. Veltchaninov esperou-o boa meia hora, indo e vindo no corredor, num estado de impaciência dolorosa. Maria Syssoievna convenceu-o afinal de que Pavel só voltaria provavelmente de madrugada.

— Pois voltarei de madrugada — decidiu Veltchaninov.

E saiu, fora de si.

Qual não foi sua surpresa quando, na portaria do seu prédio, Mavra o informou de que o visitante da véspera o esperava desde as dez horas!

— Esse senhor já tomou chá e mandou-me comprar vinho; do mesmo de ontem. Deu-me uma nota de cinco rublos...

CAPÍTULO 9
O Fantasma

Pavel Pavlovitch instalara-se confortavelmente; ocupava a mesma poltrona da véspera, fumando cigarros; e acabava de se servir do quarto e último copo de champanha. Tinha ao seu lado, na mesa, o bule e uma xícara de chá pela metade. Seu rosto congestionado luzia de satisfação. Pavel tirara o paletó; estava em mangas de camisa.

— Perdoe-me, ó amigo fidelíssimo — disse, à vista de Veltchaninov, correndo a vestir o paletó. — Fiquei assim, para saborear melhor o prazer do momento.

Veltchaninov aproximou-se, ameaçador.

— Ainda não está completamente ébrio? Pode-se falar com você?

Pavel Pavlovitch perdeu um pouco a compostura.

— Não... completamente, não... Bebi à memória do falecido... mas... completamente, não...

— É capaz de me compreender?

— Vim justamente para isso: para compreendê-lo.

— Então, começo por lhe dizer que é um miserável! — gritou Veltchaninov, quase engasgado.

— Se começa assim, como acabará? — tentou protestar Pavel Pavlovitch, visivelmente apreensivo.

Veltchaninov, porém, continuava a gritar, sem lhe dar ouvido.

— Sua filha está morrendo, está passando mal. E você a abandona? Sim, ou não?

— É possível que ela esteja morrendo?

— Está doente, muito doente, gravemente enferma!

— Talvez seja simplesmente uma pequena crise...

— Não diga asneiras! Você deveria ir lá, nem que fosse para...

— Para agradecer o acolhimento que lhe dispensaram! Compreendo muito bem, Alexei Ivanovitch, caro e perfeito amigo!

Pavel agarrou de repente a mão de Veltchaninov, apertou-a nas suas e choramingou em tom sentimental, como se implorasse um perdão:

— Não grite, não grite, Alexei Ivanovitch. Seu eu morrer, se eu desaparecer neste instante na neve, que importância pode ter isso, nas circunstâncias atuais? E, quanto ao tal senhor Pogoreltzev, não faltará tempo para ir lá...

Veltchaninov aproximou-se dele, contendo-se um pouco.

— Você está bêbado e eu não compreendo o que você quer dizer — atalhou severamente. — Estou sempre pronto a lhe fornecer todas as explicações; estimaria até acabar com isto... Cheguei a... Mas, em primeiro lugar, saiba que costumo tomar as minhas medidas; você pernoitará aqui; e amanhã eu o levo. Não o largarei! — berrou Veltchaninov. — Nem que tenha de levá-lo amarrado!... Estará bem nesse divã?

E Veltchaninov apontou, ofegando, o divã largo e confortável, fronteiro àquele onde ele próprio dormia, junto da parede oposta.

— Como não? Estarei bem, em qualquer parte.

— Em qualquer parte, não! Ali, naquele divã! Tome, aqui tem um lençol, um cobertor e um travesseiro — e Veltchaninov tirou do armário os objetos mencionados e atirou-os a Pavel Pavlovitch, que estendia docilmente os braços. — Faça sua cama imediatamente! Vamos!

Pavel Pavlovitch ficou um instante de pé, no meio do quarto, com os braços carregados. Parecia estar hesitando. Um longo sorriso de ébrio desenhou-se em seu rosto. Mas, ouvindo Veltchaninov repetir a ordem furibunda, precipitou-se a executá-la; empurrou a mesa e pôs-se a estender o lençol. Veltchaninov aproximou-se para ajudá-lo; a submissão e o temor do viúvo satisfaziam-no até certo ponto.

— Esvazie o copo e deite-se — ordenou Veltchaninov, em tom autoritário, sentindo que não poderia falar de outra maneira. — Foi você que mandou comprar vinho?

— Sim, fui eu... O vinho... Eu sabia, Alexei Ivanovitch, que você não mandaria...

— É bom que o saiba. Mas tem de saber outra coisa. Declaro-lhe outra vez que as minhas medidas estão tomadas. Não tolerarei mais suas caretas nem seus beijos embriagados!

— Eu mesmo compreendo, Alexei Ivanovitch, que isso não seria possível senão uma vez, só uma vez...

Pavel Pavlovitch sorria maliciosamente.

Ouvindo essa resposta, Veltchaninov interrompeu subitamente, quase com solenidade:

— Fale francamente, Pavel Pavlovitch! Você é inteligente, concordo mais uma vez; entretanto, está errando o caminho! Fale com franqueza, procure agir às claras e dou-lhe minha palavra de honra de que responderei a todas as suas perguntas.

Pavel Pavlovitch teve de novo o longo sorriso enigmático que punha Veltchaninov fora de si.

— Espere! — gritou este — Não me represente uma farsa! Eu leio em você, como em um livro aberto. Repito: estou pronto a responder a *quaisquer perguntas.* Palavra! Também estou pronto a lhe dar todas as satisfações possíveis e até impossíveis. Oh! Como eu desejaria que você pudesse compreender-me!

— Já que é tão generoso — disse Pavel Pavlovitch, aproximando-se com cautela — eu lhe direi que me interessou muito o que você disse ontem, acerca do "tipo feroz".

Veltchaninov não reprimiu um gesto de despeito e voltou a percorrer o quarto, a passos mais largos.

— Não, Alexei Ivanovitch, não se impaciente. Porque estou mesmo interessado; e vim até expressamente para averiguar... Tenho a língua um tanto pastosa... desculpe. Tive ensejo de ler alguma coisa numa revista, um artigo de crítica sobre o tipo "feroz" e o tipo "manso". Lembrei-me disso esta manhã; mas esqueci-me do que se tratava. E, a falar verdade, no momento não o entendi. Agora, porém, gostaria de elucidar: o falecido Stephane Mikhailovitch Bagaoutov a que tipo pertencia? Ao tipo "feroz", ou ao tipo "manso"?

Veltchaninov continuava a guardar silêncio e a caminhar.

— O homem "feroz" — gritou ele, num acesso de fúria, parando de súbito — é o que envenenaria o copo de Bagaoutov, tomando champanha com ele, para "festejar seu feliz encontro", como você fez ontem comigo. Mas decerto não iria acompanhar-lhe o corpo ao cemitério como você foi, impelido por não sei que motivos ocultos e baixos, pelo prazer de ser farsante!

— Não iria, é exato — concordou Pavel Pavlovitch —, mas você me trata de um modo...

Veltchaninov, fora de si, nem o escutava; continuava a gritar:

— O homem feroz não é o que forja para si mesmo sabe Deus que história fantástica, que faz a conta do que lhe é devido, que saboreia as suas queixas, choraminga, faz trejeitos, finge, atira-se ao pescoço dos outros e, finalmente, percebe que gastou todo seu tempo em tolices... É verdade que você quis esforçar-se? É exato?

— É possível, estando eu ébrio; foi uma ideia que me ocorreu... Não me lembro bem. Mas, Alexei Ivanovitch, não fica bem nenhum de nós verter veneno. Sou um funcionário benquisto; disponho, além disto, de recursos; enfim, é possível que deseje tornar a casar-me.

— Também há os trabalhos forçados.

— Como não? Esse contratempo bem poderia ocorrer, embora hoje os tribunais descubram muitas vezes circunstâncias atenuantes. Aliás, gostaria de lhe contar uma anedota divertida, Alexei Ivanovitch; recordei-me dela há pouco, no carro. Você acabou de dizer: "Atira-se ao pescoço dos outros..." Acaso se lembra de Semione Petrovitch Livtsov? Ele esteve em T..., enquanto você vivia lá. Pois bem, o irmão mais novo de Semione, considerado um dos elegantes da sociedade de São Petersburgo, era adido ao governador de V... e dotado das qualidades mais brilhantes. Certa noite, travou uma discussão com o coronel Goulobenko, em presença de algumas senhoras, entre as quais estava a dama de seu coração. Julgou-se insultado; mas engoliu a ofensa e calou. Tempos depois, Goulobenko roubou-lhe a namorada e pediu-a em casamento. Pois acredite que o tal Livtsov se tornou amigo muito íntimo de Goulobenko. Não só fez as pazes com ele, como insistiu em ser seu cavalheiro de honra e, durante a cerimônia, sustentou a coroa sobre a cabeça do noivo. Terminado o ato, Livtsov aproximou-se de Goulobenko, para o felicitar e abraçar. E, tal como estava, de casaca e cabeleira frisada e lustrosa, em presença do governador e de toda a elegante assistência, enterrou a faca na barriga do nosso Goulobenko, que se estatelou no chão. Seu próprio cavalheiro de honra! Que vergonha! Mas isso não foi nada! O pior foi que, dado o bote, Livtsov correu para os que o cercavam, soluçando, tremendo, atirando-se ao pescoço dos presentes, inclusive das senhoras... "Ai, o que foi que eu fiz! Que foi que eu fiz! Ih! Ih! Ih!"... Era de morrer de riso. Só o pobre Goulobenko fazia pena. Aliás, sobreviveu.

— Não compreendo por que me contou isso! — atalhou Veltchaninov severamente, franzindo o sobrecenho.

— Ora! Justamente por causa da facada! — replicou Pavel Pavlovitch, com seu riso silencioso. — Evidentemente, ele não era um tipo feroz e sim um tipo ordinário, porque o medo o fizera esquecer todas as convenções, e não o inibira de se atirar ao pescoço das damas, em presença do governador; entretanto, ele conseguira seu fim: plantou a faca na barriga do rival! Era só isto que eu tinha em vista.

— Vá para todos os diabos! — berrou de repente Veltchaninov, com a voz alterada, como se alguma coisa se houvesse rompido nele. — Vá para todos os diabos, com a sua abjeta psicologia subterrânea, suas ideias torpes e tortuosas!... Pensa que me assusta?... Você só é capaz de torturar uma criança! Covarde, covarde, covarde! — repetia Veltchaninov ofegando, completamente fora de si.

Pavel Pavlovitch teve um sobressalto; sua embriaguez dissipou-se de repente; seus lábios tremiam.

— E é você que me chama de "covarde", Alexei Ivanovitch! *Você* me chama de covarde, *a mim*?

Veltchaninov caiu em si.

— Estou pronto a lhe pedir desculpas — respondeu, após um silêncio ameaçador e pensativo. — Mas com a condição de que você também consinta em agir francamente.

— Eu, em seu lugar, me desculparia sem condições, Alexei Ivanovitch.

— Pois seja! — tornou Veltchaninov, depois de nova pausa. — Desculpe. Mas concorde você mesmo, Pavel Pavlovitch, em que depois do que se passou, já não me considero seu devedor; não só pelo que me disse. Por *tudo*!

— Tolice!... Que adiantam essas contas? — redarguiu Pavel Pavlovitch, sorrindo, com os olhos cravados no chão.

— Se é assim, tanto melhor, tanto melhor! Esvazie o copo; e deite-se, porque eu não o largo...

— Sim, o vinho...

Pavel Pavlovitch parecia um tanto constrangido. Mas aproximou-se da mesa e esvaziou conscienciosamente o copo que enchera muito antes. Já bebera muito, sem dúvida. A mão trêmula o fez derramar vinho no chão, na camisa e no colete. Contudo, bebeu até a última gota, como se não pudesse perder um trago; pousou respeitosamente o copo na mesa e foi, com ar submisso, despir-se perto do divã.

— Não seria melhor eu não pernoitar em sua casa? — perguntou de súbito, sem motivo, segurando a botina que acabava de descalçar.

— Não, não é melhor — respondeu Veltchaninov, mal-humorado, continuando a andar de um lado para outro.

Pavel Pavlovitch despiu-se e deitou-se. Quinze minutos depois, Veltchaninov deitou-se por sua vez e apagou a vela.

Custou-lhe adormecer. Qualquer coisa de novo tinha surgido, que lhe embrulhava mais o "caso": ele se sentia apreensivo e envergonhava-se disso. Já principiava a perder a noção das coisas, quando um leve ruído o alertou. Veltchaninov olhou imediatamente para o lado de Pavel Pavlovitch. Com as cortinas completamente corridas, a peça estava escura; mas Veltchaninov teve a impressão de que Pavel Pavlovitch não estava deitado e sim sentado na cama.

— Que tem você? — perguntou Veltchaninov.

— Uma sombra — respondeu o outro, depois de instantes, com voz mal perceptível.

— Que está dizendo? Que sombra?

— Lá, no fundo do quarto... Tive a impressão de ver uma sombra passar diante da porta...

— Sombra de quem? — tornou Veltchaninov, depois de breve pausa.

— A sombra de Natália Vassilievna.

Veltchaninov pousou os pés no tapete e relanceou um olhar à peça vizinha cuja porta ficava sempre aberta. Lá não havia reposteiros; só estores brancos que deixavam passar mais luz.

— Não há nada ali; e você está bêbado. Deite-se! — ordenou Veltchaninov.

Deitou-se, enrolado no cobertor. Pavel Pavlovitch fez o mesmo, sem retrucar.

— Você já viu essa sombra? — perguntou Veltchaninov subitamente, dez minutos depois.

— Sim. Penso que a vi uma vez — respondeu Pavel Pavlovitch, após alguns momentos, com voz fraca.

E de novo reinou o silêncio.

Veltchaninov não poderia garantir se adormecera ou não; mas passara-se uma hora, quando ele se virou de repente. Alguma coisa o despertara? Ele não sabia ao certo. Pareceu-lhe, porém, que alguma coisa caminhava para ele; um vulto esbranquiçado sobressaía da escuridão e já chegara ao meio do quarto. Veltchaninov sentou-se na cama, esforçando-se por atravessar com o olhar a noite que o envolvia.

— É você, Pavel Pavlovitch? — perguntou, a cabo de um minuto, em voz baixa.

Embora abafada, sua voz, ecoando no silêncio e na escuridão, pareceu-lhe bem estranha.

Não houve resposta. Mas também já não podia haver dúvida: alguém estava no meio do quarto.

— É você... Pavel Pavlovitch? — repetiu Veltchaninov, mais alto, aliás tão alto que, embora dormisse, Pavel Pavlovitch acordaria decerto e responderia.

Ninguém respondeu; mas Veltchaninov teve a impressão de que a sombra branca, irreconhecível, se aproximava mais. Operou-se nele, então, estranha mudança; como pouco antes, alguma coisa se partiu no seu íntimo e ele gritou, com toda a força que lhe foi possível e a voz ofegante, entrecortada pela raiva:

— Se tem o atrevimento de pensar, bêbado farsante, que pode assustar-me, saiba que me viro para a parede, com a cabeça embrulhada no cobertor, e não torno a fazer um movimento no resto da noite, para lhe mostrar como o desprezo! Fique aí, se quiser, até raiar o dia... como um cretino... e eu cuspo em você!

Veltchaninov cuspiu de fato, com fúria, na direção do que julgava ser Pavel Pavlovitch; voltou-se para a parede, puxou o cobertor sobre a cabeça e imobilizou-se nessa posição. Seguiu-se um silêncio de morte. O fantasma estaria avançando para ele, ou permanecera no mesmo lugar? Veltchaninov não podia saber; mas seu coração batia, batia, batia... Passaram-se assim pelo menos cinco minutos; de repente, bem perto dele, a uns dois passos, fez-se ouvir a voz fraca e queixosa de Pavel Pavlovitch.

Levantei-me, Alexei Ivanovitch, à procura de um... — e mencionou um objeto doméstico indispensável. — Não o encontrei perto de minha cama e queria... sem fazer barulho... ver debaixo da sua...

— Por que não respondeu... quando eu gritei? — redarguiu Veltchaninov, ao fim de meio minuto de silêncio.

— Tive medo... Você gritou tão alto! Assustou-me...

— Veja lá embaixo à esquerda, no canto perto da parede, naquele armário. Acenda a vela.

— Dispenso a vela — replicou Pavel Pavlovitch, em tom submisso, dirigindo-se para o armário indicado. — Desculpe, Alexei Ivanovitch, se o incomodei. Senti-me, de súbito, completamente ébrio...

Veltchaninov não tornou a falar. Estendido no divã, com o rosto voltado para a parede, ficou assim toda a noite, sem se virar uma única vez. Pretendia cumprir a palavra e manifestar, dessa maneira, seu pouco caso? Ele próprio não saberia explicar o que sentia. Tinha os nervos tão superexcitados, que acabou quase delirando e, por várias horas, não conseguiu adormecer.

Acordou na manhã seguinte, pelas dez horas; endireitou-se subitamente, como se alguém o tivesse sacudido.

Pavel Pavlovitch não estava no quarto; a cama estava vazia e desfeita. O homem de luto evadira-se ao amanhecer.

"Eu sabia!..." — disse Veltchaninov, de si para si, batendo na testa.

CAPÍTULO 10
O Cemitério

As previsões do médico realizaram-se: Lisa piorou subitamente; muito mais do que receavam, na véspera, Veltchaninov e Cláudia Petrovna. Nessa manhã, quando Veltchaninov chegou à casa de campo, a pequena ardia em febre, mas ainda estava perfeitamente em si. Ele assegurou depois que ela lhe sorrira e chegara a estender-lhe a mãozinha escaldante. As coisas ter-se-iam passado de fato assim, ou ele o imaginava involuntariamente, para se consolar? Fosse como fosse, não pôde tirar a prova; na mesma noite, a menina perdeu a consciência e não recobrou a lucidez. Morreu dez dias depois de ter chegado à casa dos Pogoreltzevs. Foi um período tristíssimo para Veltchaninov; e seus amigos, com os quais ele passou a maior parte desses dias penosos, chegaram a recear pela saúde dele. Na última fase da doença de Lisa, Veltchaninov ficava horas inteiras encafuado em qualquer canto, aparentemente sem pensar em coisa alguma. Cláudia Petrovna esforçava-se por lhe distrair as ideias; mas Veltchaninov mal respondia e era de crer que a conversação o fatigasse. Cláudia Petrovna não contava, por certo, que "aquilo lhe causasse tamanha impressão". Só as crianças conseguiam arrebatá-lo um pouco à sua abstração, arrancar-lhe sorriso. Mas a todo instante, Veltchaninov deixava seu canto e ia, na ponta dos pés, espreitar a doentinha. Às vezes, tinha ideia de que ela o reconhecia. Tanto quanto seus amigos, Veltchaninov já não afagava a menor esperança. Apesar disso, não se afastava do quarto onde Lisa agonizava; permanecia constantemente na peça contígua.

Uma ou duas vezes, porém, manifestou nesse período uma atividade extrema. Corria a São Petersburgo, procurava os médicos mais afamados, chamava-os para conferências à cabeceira da enferma. A última dessas conferências ocorreu na véspera da morte da menina. Três dias antes, Cláudia Petrovna insistira para que ele fosse à cidade e trouxesse Troussotzky:

— Se acontecer uma desgraça sem ele, nem poderemos enterrar Lisa — dissera-lhe ela.

Veltchaninov respondera distraidamente, em tom vago, que ia escrever a Pavel. Pogoreltzev declarou então que o mandaria desencovar pela polícia. Afinal, Veltchaninov decidiu-se a lhe rabiscar algumas linhas que foi deixar pessoalmente no hotel Pokrovsky. Como de costume, Pavel Pavlovitch não estava. Veltchaninov deixou a carta entregue a Maria Syssoievna.

Lisa expirou numa bela tarde de verão, à hora do ocaso. Só então, Veltchaninov deu mostras de voltar à realidade. Quando o corpo, amortalhado em um vestido branco de uma das filhas de Cláudia, foi colocado na mesa do salão, com flores nas mãozinhas cruzadas, Veltchaninov chegou-se a Cláudia Petrovna e declarou-lhe, com olhos chamejantes, que ia procurar imediatamente o "assassino". Saiu logo, embora o concitassem a deixar a viagem para o dia seguinte. Não era só para consultar médicos que ele ia ultimamente a São Petersburgo; metera em sua cabeça que se pudesse levar Pavel Pavlovitch até a casa de Lisa, talvez a menina recobrasse a saúde, ouvindo a voz do pai. E Veltchaninov andava como louco atrás dele. Pavel Pavlovitch ainda ocupava o mesmo quarto; mas pouco adiantava procurá-lo no hotel.

— Ele passa três dias seguidos sem aparecer em casa — informava Maria Syssoievna — e, se volta casualmente, bêbado, é por poucos minutos. Logo sai outra vez.

O garçom do Pokrovsky contou, entre outras coisas, a Veltchaninov que Pavel Pavlovitch, desde certo tempo, frequentava mulheres de má reputação, na Perspectiva Voznessenski. Veltchaninov encontrou-as sem dificuldade. Bem tratadas e bem gratificadas, elas recordaram-se logo do freguês de chapéu cintado de crepe, pormenor que as impressionara particularmente. E aproveitaram a oportunidade para o insultar, evidentemente porque não tornara a aparecer-lhes. Uma delas, Katia, encarregou-se de descobrir o paradeiro de Pavel Pavlovitch, "porque ele não arreda pé da companhia de Machka".

— E é um nunca acabar de dinheiro! Aliás, essa Machka não é Prostakova e sim Prokhvostova. Esteve em tratamento no hospital. Bastaria uma palavrinha, uma só, para mandar essa sujeita para a Sibéria...

As buscas de Katia não deram resultado nesse dia. Ela prometeu formalmente que havia de descobrir Pavel Pavlovitch, na próxima vez. E com isso contava Veltchaninov.

Chegando à cidade às dez horas, mandou chamar Katia; depois de indenizar a quem de direito pela ausência da mulher, saiu com ela. Não sabia ao certo o que ia fazer. Mataria Pavel Pavlovitch, ou lhe anunciaria simplesmente a morte da filha, explicando-lhe que não seria possível sepultá-la, sem a sua intervenção? As primeiras pesquisas não foram bem-sucedidas. Katia e Veltchaninov apuraram que três dias antes rompera sério conflito entre Machka e Pavel Pavlovitch e que "certo caixa quase rebentara o crânio ao homem de luto, com um banquinho". A busca prolongou-se. Numa palavra, só às duas da madrugada, saindo de um local que lhe haviam indicado, Veltchaninov se viu cara a cara com Pavel Pavlovitch.

O viúvo estava completamente embriagado. Duas mulheres o arrastavam para o local em questão, uma delas dando-lhe o braço. Um homenzarrão, rival sem dúvida, seguia o trio, gesticulando, lançando a plenos pulmões as ameaças mais abomináveis a Pavel Pavlovitch, gritando entre outras coisas que este o "explorava e envenenava a vida". Tratava-se, aparentemente, de uma questão de dinheiro. As mulheres, assustadas, apressavam o passo. Mal avistou Veltchaninov, Pavel Pavlovitch correu para ele de braços abertos, clamando como se o degolassem:

— Socorro, meu irmão!

À vista do porte atlético de Veltchaninov, o malandro desapareceu num abrir e fechar de olhos. Pavel Pavlovitch voltou-se, triunfante, ameaçando-o com o punho, e soltou um brado de vitória. Mas Veltchaninov, sem saber ao certo por quê, agarrou-o pelos ombros e sacudiu-o com tanta força, que os dentes do viúvo se entrechocaram. Pavel interrompeu logo seu brado e levantou para seu algoz um olhar de bêbado, aparvalhado e medroso. Talvez sem saber ainda o que ia fazer, Veltchaninov sentou-o com um repelão brutal num marco de pedra.

— Lisa morreu! — anunciou-lhe, sem preâmbulos.

Sem desviar dele os olhos, Pavel Pavlovitch permaneceu sentado no marco, amparado por uma das mulheres. Compreendeu, afinal, porque seu rosto se distendeu.

— Morta... — gaguejou com inflexão estranha.

Seria ainda seu sorriso mau de bêbado, ou leve contração lhe alterava as feições? Veltchaninov ficou em dúvida. Mas, instantes depois, Pavel

Pavlovitch levantou com esforço a mão direita, para se persignar. Não completou o gesto e abaixou a mão. Logo em seguida, endireitando-se a custo, agarrou-se ao braço da mulher e pôs-se a andar numa espécie de inconsciência, como se houvesse esquecido completamente a presença de Veltchaninov. Este, porém, agarrou-o de novo pelos ombros.

— Compreendes, afinal, beberrão, monstro, que é impossível enterrar a menina sem ti? — gritou, arquejando.

O viúvo voltou o rosto para ele.

— Lembra-se... do tenente de artilharia? — gaguejou, com voz de ébrio.

— Como? — berrou Veltchaninov, com um sobressalto doloroso.

— O pai é ele... Procure o tenente, para o sepultamento...

— Mentes! — clamou Veltchaninov, fora de si. — É pura maldade... Eu sabia que tu me farias isso!

Cego de raiva, ergueu o punho formidável, visando a cabeça de Pavel Pavlovitch. Uns momentos mais e talvez o matasse com um só murro. As mulheres afastaram-se subitamente, guinchando. Pavel Pavlovitch não fez um movimento; uma expressão de ódio feroz, exasperada, contraiu-lhe as feições.

— Conheces — disse, com voz firme, como se já não estivesse embriagado —, conheces nossa expressão russa? — e pronunciou um palavrão impossível de reproduzir. — Pois bem, aí está! Engula isto...

Desvencilhou-se das mãos de Veltchaninov, tropeçou, quase caiu. As mulheres sustiveram-no pelas axilas e fugiram, levando-o quase de rastos, em meio de estrepitosa gritaria. Veltchaninov não os perseguiu.

No dia seguinte, à uma hora da tarde, um funcionário de certa idade, muito correto, apresentou-se uniformizado em casa dos Pogoreltzevs e entregou a Cláudia Petrovna um envelope lacrado em nome de Pavel Pavlovitch Troussotzky. Além dos documentos necessários para a informação de Lisa, o envelope continha trezentos rublos e uma carta breve, corretíssima e muito respeitosa. Pavel Pavlovitch exprimia a Sua Excelência Cláudia Petrovna toda a sua gratidão pela bondade com que tratara a órfã, bondade que só Deus podia recompensar. Uma indisposição grave — acrescentava ele vagamente — inibia-o de participar do cortejo fúnebre; entregava tudo à bondade angélica de Sua Excelência.

Os trezentos rublos — explicava ainda — destinavam-se a custear o enterro e os gastos durante a enfermidade. Se sobrasse alguma coisa, Sua Excelência — pedia Pavel humildemente —, Sua Excelência lhe faria a graça de mandar dizer missas por alma de Lisa. O funcionário não podia fornecer outras informações; deixou até transparecer que só a insistência de Pavel Pavlovitch o decidira a prestar-se para transmitir pessoalmente o envelope a Sua Excelência. A frase "... os gastos durante a enfermidade..." contrariou Pogoreltzev; e ele declarou que ficariam só cinquenta rublos para custear o enterro — não se pode, com efeito, impedir que um pai pague o enterro da filha. Os restantes cinquenta rublos iriam de volta, imediatamente, ao sr. Troussotzky. Mas Cláudia Petrovna resolveu afinal doar a quantia à capela do cemitério, para o descanso da alma da "virgem Elisabeth". O recibo foi entregue a Veltchaninov a fim de que o fizesse chegar, o quanto antes, a Pavel Pavlovitch. Ele o remeteu, pelo correio, ao hotel.

Depois do enterro, Veltchaninov sumiu-se da casa de campo. Vagueou por duas semanas inteiras na cidade, sozinho, sem rumo, profundamente ensimesmado, a ponto de esbarrar nos passantes. Também lhe sucedia ficar dias a fio em casa, estendido no divã, esquecido das coisas mais elementares. Os Pogoreltzevs procuraram-no várias vezes. Veltchaninov prometia voltar; mas esquecia imediatamente a promessa. Um dia, Cláudia Petrovna foi pessoalmente ao seu apartamento. Não o encontrou em casa. O mesmo ocorreu ao seu advogado, que lhe trazia uma notícia importante: ele conseguira habilmente um acordo: a parte contrária dispusera-se a firmá-lo, o que assegurava a Veltchaninov um quinhão considerável da herança em litígio. Só faltava o consentimento dele. Encontrando-o, afinal, o advogado estranhou sumamente a indiferença, a apatia com que seu cliente, dias antes tão cheio de impaciência, acolheu a nova auspiciosa.

Eram os dias mais quentes de julho. Veltchaninov perdera a noção do tempo. A dor envenenava-lhe a alma, como um abscesso maduro e, sempre presente, dominava-lhe o pensamento. Doía-lhe particularmente que Lisa não o tivesse conhecido melhor, que houvesse morrido, ignorando como ele a adorava. A meta, que lhe parecera numa luz radiosa, extinguira-se subitamente, confundira-se com a noite eterna.

Veltchaninov pensava incessantemente nessa finalidade; e ela fora o desejo de fazer com que Lisa sentisse seu afeto sempre em torno dela, a qualquer hora de sua existência.

"Não", pensava Veltchaninov, por vezes, dominado por exaltação sombria, "ninguém tem, ninguém pode ter um fim superior a esse. Se houver outros, nenhum é mais sagrado. O amor de Lisa purificaria, resgataria minha existência passada, inútil, abjeta. E eu, o ocioso, o viciado, o desiludido, afagaria, criaria um ser puro e belo, em nome do qual tudo me seria perdoado, pelo amor do qual eu perdoaria a mim mesmo".

Todas essas reflexões, feitas em perfeita consciência, estavam indissoluvelmente ligadas à recordação nítida, sempre presente, sempre dolorosa, da menina morta. Veltchaninov tornava a ver-lhe o rostinho pálido; lembrava-se de cada uma de suas expressões. Via-a no pequeno ataúde, cercada de flores, ou então consumida pela febre, inconsciente, com os olhos esgazeados e fixos. Ocorreu-lhe, de súbito, que um dos dedinhos se lhe enegrecera, sabe Deus por quê. Isso o comoveu tanto, o dedinho enegrecido fez-lhe tanta pena, que justamente então lhe nasceu no íntimo a resolução de procurar Pavel Pavlovitch e de matá-lo; até aí, "parecia completamente insensível".

O que partira esse coração de criança seria a humilhação sofrida pelo seu orgulho; ou eram os sofrimentos que lhe infligira, pelo espaço de três meses, o pai — esse pai em quem o amor cedera de repente o lugar ao ódio, que insultara Lisa, que zombava de seu terror pueril, que afinal a abandonara em mãos de estranhos? Veltchaninov pensava incessantemente nessas coisas, remoendo, variando ao infinito as mesmas ideias. Recordou-se de repente da exclamação de Troussotzky:

— Sabe o que era Lisa para mim?

Veltchaninov compreendeu que não fora a exclamação de um ébrio e sim um desabafo sincero, um brado de amor.

"Como podia esse malvado ser tão cruel com a criança que adorava? É possível?"

Mas Veltchaninov repelia continuamente essa interrogação cada vez para mais longe; havia nela alguma coisa terrível, demasiadamente penosa e incerta. Um dia, quase inconscientemente, Veltchaninov foi ao cemitério onde Lisa fora sepultada. Dirigiu-se ao túmulo da menina.

Não voltara ali, depois do enterro. Não se animara; sentia que iria sofrer demais. Todavia, mal ajoelhou perto do túmulo e beijou longamente a lousa, estranhou sentir certo alívio. A tarde estava serena; o sol descia para o ocaso. Em torno, uma vegetação exuberante e fresca rodeava as sepulturas; uma abelha zumbia numa moita de espinheiro. As flores, as coroas trazidas pelos filhos de Cláudia Petrovna, desfolhavam-se lentamente na pedra sepulcral de Lisa. Pela primeira vez, depois de tanto tempo, Veltchaninov sentiu uma vaga esperança reanimar-lhe o coração.

"Que sossego!" — pensou ele, dominado pela paz no campo-santo, com os olhos fitos ao longe, no céu sereno e claro.

Uma confiança estranha, apaziguante e pura, invadiu-o, encheu-lhe a alma.

"É Lisa que me envia isto", disse ele consigo. "É ela que me fala."

Já escurecia, quando Veltchaninov deixou o cemitério. Não longe dali, indo pela estrada, passou por uma modesta casa de madeira — uma espécie de hospedaria, de janelas entreabertas, pelas quais se viam várias pessoas sentadas à mesa. Veltchaninov teve, de súbito, a impressão de que um dos comensais, perto da janela, também o via e o examinava com certa curiosidade. Era Pavel Pavlovitch. Veltchaninov continuou seu caminho; mas, dentro em pouco, percebeu que alguém tentava alcançá-lo. Efetivamente, Pavel Pavlovitch vinha-lhe no encalço, a passos largos. A expressão serena de Veltchaninov talvez o animasse a segui-lo e até o atraísse. Chegando junto dele, sorriu-lhe com certo ar apreensivo; já não era o seu sorriso de ébrio. E ele não estava absolutamente embriagado.

— Bom dia — disse Pavel Pavlovitch.

— Bom dia — respondeu Veltchaninov.

CAPÍTULO 11
Pavel Pavlovitch Quer Casar-se

Mal acabou de dizer essas duas palavras, Veltchaninov estranhou tê-las pronunciado. E estranhava também que a presença do homem de luto não lhe provocasse cólera, mas despertasse, pelo contrário, sentimentos muito diferentes; ou melhor, o desejo, o capricho de sentimentos novos.

— Que tarde linda! — começou afavelmente Pavel Pavlovitch.

— Você ainda não partiu? — perguntou Veltchaninov, continuando a andar e como se estivesse mais do que perguntando, refletindo em voz alta.

— Não; houve certo atraso; mas consegui minha nomeação para um posto superior. Partirei, com certeza, depois de amanhã.

— Obteve a nomeação? — redarguiu Veltchaninov.

— Por que não? — tornou o outro, com leve trejeito.

— Oh, perguntei por perguntar...

E, franzindo a testa, examinou disfarçadamente seu interlocutor. Notou, com grande surpresa, que a roupa, o chapéu, todo o aspecto de Pavel Pavlovitch Troussotzky não eram os de semanas atrás: tudo mudara para melhor.

"Que diabo fazia ele naquela estalagem?" — perguntou Veltchaninov a si mesmo.

— Eu tencionava participar-lhe outra alegria, Alexei Ivanovitch — recomeçou Pavel Pavlovitch.

— Uma alegria?

— Vou casar.

— Como?

— Depois da dor, o júbilo; é sempre assim que as coisas se passam na vida. Eu desejaria muito, Alexei Ivanovitch... mas... não sei... Talvez você tenha pressa... Seu aspecto...

— Sim, tenho pressa e não me sinto bem...

Dera-lhe de repente uma vontade louca de se livrar do companheiro. Dissiparam-se subitamente as boas disposições que sentira nascer em si.

— E eu desejaria, Alexei Ivanovitch...

Pavel Pavlovitch não disse o que desejaria. E Veltchaninov não instou por que o dissesse.

— Então ficará para outra vez, se tornarmos a encontrar-nos...

— Sim, sim, para outra vez — atalhou rapidamente Veltchaninov, sem o olhar, continuando seu caminho.

Houve um minuto de silêncio; Pavel Pavlovitch marchava ao lado de Veltchaninov.

— Pois bem: até a vista... — disse afinal.

— Até a vista. E felicidade!

Entrando no apartamento, Veltchaninov sentia-se de novo muito perturbado. A presença "daquele indivíduo" era em verdade coisa superior às suas forças. E, ao deitar-se, tornou a perguntar a si mesmo:

"Que andaria ele fazendo, perto do cemitério?"

Na manhã seguinte, resolveu visitar afinal os Pogoreltzevs. Decidiu-se com relutância. Fazia-lhe mal toda manifestação de simpatia, mesmo da parte de seus amigos. Estes, porém, estavam tão preocupados a respeito dele, que não havia remédio senão ir à casa de campo. Veltchaninov tinha a impressão de que, tornando a vê-los, pela primeira vez sentiria uma espécie de vergonha.

"Vou ou não vou?", dizia de si para si, almoçando às pressas.

Nisso, viu com espanto aparecer Pavel Pavlovitch.

Apesar do encontro da véspera, Veltchaninov nunca imaginaria que esse homem tornasse a entrar-lhe em casa. E sentia-se tão desconcertado, que olhava o visitante, sem poder pronunciar palavra. Pavel Pavlovitch não se deu por achado. Murmurou um bom-dia e sentou-se na mesma cadeira que ocupara três semanas antes, por ocasião de sua última visita, que Veltchaninov recordou logo com extraordinária nitidez; e encarou o visitante com inquietação não isenta de contrariedade.

— Admira-se de me ver? — perguntou Pavel Pavlovitch, percebendo o sentido desse olhar.

Sua atitude parecia mais desembaraçada do que na véspera; dir-se-ia, no entanto, que estava mais constrangido. E tinha um aspecto bastante curioso. Pavel Pavlovitch Troussotzky vinha trajado não só corretamente, mas com certa elegância: paletó leve de verão; calças claras, justas; colete claro; luvas; camisa de alvura imaculada; e, sabia Deus por quê; luneta de ouro — tudo irrepreensível. Estava até perfumado; e havia um quê de cômico em seu aspecto, alguma coisa que evocava uma ideia ao mesmo tempo esquisita e desagradável.

— É evidente, Alexei Ivanovitch — continuou ele com esforço visível —, que minha visita o surpreende. Sinto-o; mas considero que entre homens há sempre, deve haver sempre alguma coisa superior, não é verdade? Superior a todas as contingências e até aos aborrecimentos que possam surgir... Não é verdade?

— Diga o que tem a dizer, Pavel Pavlovitch, sem tantas cerimônias.

E Veltchaninov franziu o sobrecenho.

— Aqui vai a coisa em duas palavras — acudiu Pavel Pavlovitch. — Pretendo casar-me e vou daqui à casa da minha noiva. Ela reside no campo. E eu desejaria ter a grande honra de apresentá-lo à família. Tomo por isso a liberdade de lhe pedir, de lhe rogar humildemente — Pavel curvou a cabeça — que me acompanhe.

Veltchaninov arregalou os olhos.

— Acompanhá-lo? Aonde?

— À casa deles. Desculpe... Estou um tanto nervoso e embrulhei tudo... Mas receio tanto que me negue este favor!...

Pavel fitou em Veltchaninov um olhar suplicante.

— Quer que eu o acompanhe agora à casa de sua noiva? — perguntou Veltchaninov, olhando rapidamente o interlocutor e mal podendo dar crédito aos seus ouvidos.

— Sim — confirmou Pavel Pavlovitch, mais e mais apreensivo. — Não me diga que está zangado, Alexei Ivanovitch! Não é insolência, a minha; é um pedido, uma solicitação muito humilde. Eu bem desconfiei de que você me negaria isso...

— Antes de tudo é impossível — começou Veltchaninov, agitando-se na cadeira.

— Trata-se apenas de um desejo meu, muito ardente, e nada mais — insistiu Pavel Pavlovitch. — Não lhe esconderei que tenho também um motivo; mas deste eu só lhe quereria falar mais tarde. Agora, peço-lhe apenas como favor...

Pavel Pavlovitch levantou-se, com grande respeito.

— Se lhe digo que é impossível! — protestou Veltchaninov, levantando-se por sua vez. — Concorde, em todo caso...

— É muito possível, Alexei Ivanovitch. Eu tencionava apresentá-lo como meu amigo. Aliás, lá já o conhecem. São os Zakhlebinines, o conselheiro de Estado Zakhlevinine...

— Como!? — exclamou Veltchaninov.

Era o mesmo conselheiro de Estado que ele andara perseguindo em vão e que, segundo parecia, tomara a defesa da parte contrária em seu processo de herança.

— Pois é, pois é! — disse Pavel Pavlovitch, sorrindo, como se a surpresa extrema de Veltchaninov o encorajasse. — Ele mesmo! Lembra-se? Você andava ao lado dele e eu ia na outra calçada, não o perdendo de vista, esperando que você o deixasse para me aproximar dele. Trabalhamos na mesma administração, há uns vinte anos. Ora, quando me dispus a cumprimentar o conselheiro, eu não tinha nenhum plano. A ideia ocorreu-me de repente, a semana passada.

— Mas, escute, eles são uma família muito distinta, se não me engano — disse Veltchaninov, deixando ver claramente uma surpresa ingênua.

— Muito distinta. E que tem isso...? — retrucou Pavel Pavlovitch, com mau modo.

— Oh! Nada... Não foi o que eu quis dizer... Mas, pelo que vi, quando estive lá...

— Eles se lembram; lembram-se muito bem de sua visita — atalhou Pavel Pavlovitch, com ar prazenteiro. — Nesse dia, porém, a família não estava. O chefe da casa lembra-se de você e tem-lhe muita estima. Falei-lhe a seu respeito, nos termos mais honrosos.

— Mas você enviuvou, não faz três meses!

— Oh! O casamento não é para já! Só se realizará dentro de nove ou dez meses; então, completarei o ano de luto. Acredite, Alexei Ivanovitch, tudo está em ordem. Em primeiro lugar, Fedossei Petrovitch me conheceu em pequeno; conheceu minha mulher; está a par de minha carreira. Além disso, eu possuo alguma coisa, fui nomeado para um posto superior...

— A noiva é filha dele?

— Vou contar-lhe isto por miúdo — disse Pavel Pavlovitch, esfregando prazerosamente as mãos. — Com sua licença, acenderei um cigarro. Aliás, hoje mesmo, você verá com seus olhos... Antes de tudo, os homens de negócio, como Fedossei Petrovitch, são muito estimados aqui na capital, em seus respectivos departamentos, quando conseguem fazer-se notar. Mas, fora seus vencimentos e as vantagens suplementares — gratificações pelas festas, ajudas de custo —, o conselheiro não tem nada. Falta-lhe o fundo, o capital. Vive bem; o que lhe falta é a possibilidade de economizar o que quer que seja, principalmente com uma família como a dele. Imagine, Fedossei Petrovitch tem oito filhas e um rapaz. Se morresse hoje, eles receberiam apenas uma pensão insignificante. Oito filhas! Pense! Mas pense! Só um par de sapatos a cada uma perfaz uma quantia considerável! Cinco já estão em idade de casar. A mais velha tem vinte e quatro anos; uma criatura encantadora, você verá. A sexta filha, de quinze anos, ainda frequenta o colégio. É preciso arranjar marido para as cinco mais velhas e quanto antes. Isso obriga o pai a apresentá-las à sociedade. Faz ideia do que isso custa? Foi nessa situação que eu apareci, no papel de primeiro pretendente à mão de uma delas. Os pais me conhecem; sabem que tenho recursos... Só isso.

Pavel Pavlovitch falara com exaltação jubilosa.

— Você pediu a mais velha?

— Não... eu... Não é a mais velha. Sou noivo da sexta, da que ainda está no colégio.

— Como!? — exclamou Veltchaninov, com um sorriso involuntário. — Mas acabou de dizer que ela tem quinze anos!

— Quinze anos agora! Dentro de nove meses, serão dezesseis; dezesseis anos e três meses. Logo, por que não? Como não ficaria bem, por ora, não participamos o noivado. Combinamos tudo com os pais... Creia-me, tudo em perfeita ordem!

— Então, ainda não está decidido?

— Sim, está decidido. Tudo decidido. E tudo em ordem, acredite.

— E ela sabe?

— Não se fala nisso, em atenção às convenções. Mas como não há de saber? — replicou Pavel Pavlovitch, piscando um olho. — Então, Alexei Ivanovitch, dá-me este prazer? — acrescentou timidamente, à maneira de conclusão.

— Mas que iria eu fazer lá? Aliás, como não irei de maneira alguma, não se dê ao trabalho de me fornecer motivos...

— Alexei Ivanovitch...

— Ora! Como poderia sentar-me ao seu lado, na carruagem? Pense bem!

A antipatia e a repugnância, que a loquacidade de Pavel Pavlovitch amortecera um instante, renasciam mais vivas. Um momento mais e Veltchaninov enxotaria o visitante; e irritava-se consigo mesmo, sem saber por quê.

— Você vai sentar-se ao meu lado, Alexei Ivanovitch; irá sentado junto de mim, e não se arrependerá! — tornou Pavel Pavlovitch, com voz comovida. — Não, não! — acudiu, respondendo com um gesto a súbito movimento de impaciência de Veltchaninov. — Alexei Ivanovitch, Alexei Ivanovitch, espere um pouco, antes de tomar uma resolução! Pelo que vejo, talvez me tenha entendido mal. Compreendo perfeitamente que não podemos ser amigos; não sou tão tolo que não o perceba; o favor que lhe peço neste momento não o compromete absolutamente para o futuro. Aliás, vou-me embora, definitivamente, depois de amanhã. É como se nada houvesse acontecido. É um dia único. Vindo para cá, eu fundava minhas esperanças na nobreza de seus sentimentos, Alexei Ivanovitch, nos sentimentos que, ultimamente, possam ter-lhe nascido no coração... Creio que estou falando com clareza... ou ainda não é bastante?

Pavel Pavlovitch estava extremamente nervoso. Veltchaninov olhava-o, admirado.

— Pede-me que lhe preste um favor — disse, pensativo — e sublinha o pedido com tanta insistência que me faz desconfiar. Quero saber mais.

— O favor consiste em acompanhar-me. Simplesmente isto. Depois, quando voltarmos, eu lhe contarei tudo, como a um confessor. Tenha confiança em mim, Alexei Ivanovitch.

Veltchaninov, porém, teimava em recusar; tanto mais que sentia surgir no íntimo um pensamento indeciso, malévolo. Um pensamento confuso que o assaltara, assim que Pavel Pavlovitch lhe falara da noiva. Seria simples curiosidade, ou outro desejo ainda informe? Alguma coisa o impelia a consentir; contudo, quanto mais fortemente o tentava, mais ele resistia. Sentado, apoiando os cotovelos na mesa, pensava. Pavel Pavlovitch andava-lhe à roda, implorando.

— Está bem, irei! — decidiu Veltchaninov, agitado, quase aflito.

Pavel Pavlovitch manifestou logo uma grande alegria.

— Mais um favor, Alexei Ivanovitch — rogou, saltitando em torno de Veltchaninov, ocupado em mudar de roupa. — Faça-se elegante, como sabe ser.

"O idiota!" — disse Veltchaninov, de si para si. "Por que se mete este homem nessa aventura?"

— Ainda espero de você outro favor — prosseguiu Pavel. — Já que aceitou minha companhia, Alexei Ivanovitch, seja meu cavalheiro.

— Mais essa! Em quê?

— Em uma questão importante: o luto. Devo deixá-lo, ou tirá-lo? Que acha melhor?

— O que você achar.

— Não, espero seu parecer, Alexei Ivanovitch. Como agiria em meu lugar, se estivesse usando luto no chapéu? Minha ideia era conservá-lo. Seria uma prova da constância de meus sentimentos; e me recomendaria.

— É evidente que deve tirar esse crepe!

— Tão evidente assim? — Pavel Pavlovitch refletiu um instante.

— Não. Prefiro deixá-lo ficar.

— Como quiser.

"Ele não confia em mim", acrescentou Veltchaninov, consigo. "Perfeitamente!"

Saíram. Pavel Pavlovitch examinava, pasmado, a elegância extrema de Veltchaninov e deixava transparecer na fisionomia mais respeito e mais importância. A atitude do companheiro surpreendia Veltchaninov que, aliás, estranhava mais a sua. Uma bela caleça aguardava à porta.

— Você já tratara o carro? Estava tão certo assim do meu consentimento?

— Tratei a carruagem para mim; mas estava quase certo de que você também iria — respondeu Pavel Pavlovitch, com ar de plena satisfação.

— Veja lá, Pavel Pavlovitch — acudiu Veltchaninov, com um risinho um tanto malévolo, depois de ambos embarcarem e de se pôr o carro em marcha. — Não estará contando demais comigo?

— Não compete a você, Alexei Ivanovitch, não compete a você fazer-me ver que é tolice minha — respondeu Pavel, muito sério, em tom enérgico.

"E Lisa?", pensou de repente Veltchaninov.

Mas repeliu logo a recordação da menina, como se receasse cometer um sacrilégio. E, de súbito, achou-se tão pequeno, tão mesquinho; a ideia que o tentava pareceu-lhe tão abjeta e vil, que mais uma vez o assaltou a vontade de desistir de tudo, de saltar do carro, nem que tivesse de chegar às vias de fato com Pavel Pavlovitch. Este, porém, recomeçou a falar; e a tentação tornou a se apossar da alma de Veltchaninov.

— Entende de pedras preciosas, Alexei Ivanovitch?

— Que pedras?

— Brilhantes.

— Sim, gabo-me de entender.

— Eu desejaria oferecer um presentinho. Aconselhe: fica bem?

— A meu ver, não. Não faça isso.

— Pois eu teria muita vontade de fazer — insistiu Pavel Pavlovitch. — Mas que hei de comprar: o jogo completo, isto é, broche, brincos e pulseira, ou só um desses objetos?

— Quanto pretende gastar?

— Digamos, quinhentos rublos...

— Oh! Oh!

— É muito? — perguntou Pavel Pavlovitch, alarmado.

Pavel Pavlovitch assumiu um ar desolado. Gostaria de pagar mais e ter o jogo completo. Insistiu. Pararam diante de uma joalheria. Afinal, compraram só a pulseira; e não a que agradava a Pavel Pavlovitch, mas a que Veltchaninov resolvera escolher. Pavel Pavlovitch gostaria de levar as duas e sentiu certa contrariedade quando o joalheiro, que pedira cento e setenta e cinco rublos pelo bracelete, o deixou enfim por cento e cinquenta. Pavel pagaria de bom grado duzentos rublos, se fosse preciso, tamanha era sua vontade de gastar.

— Não há nada de mal em que eu faça alguns presentes desde já — explicou ele, em sua exaltação venturosa, quando retomaram a carruagem. — Aquilo não é alta sociedade; gente muito simples. A inocência aprecia os presentinhos — prosseguiu, com um sorriso alegre e malicioso. — Há pouco, Alexei Ivanovitch, os quinze anos *dela* fizeram--no sorrir. Aí está justamente o que me feriu a imaginação: o fato de que a pequena ainda vai ao colégio, carregando uma bolsa de estudante. Ih! Ih! Ih!... Foi isso que me conquistou. Eu sou pela inocência, Alexei Ivanovitch. Aos meus olhos, o importante não é tanto a beleza do rosto; é a inocência. As risadas pelos cantos, com uma amiguinha... E que risadas, meu Deus!... E a troco de quê? De um gato que pulou da cômoda na cama e se enovelou todo. Isso cheira a maçã fresca!... Quem sabe? Talvez fosse melhor eu tirar o crepe?

— Como lhe parecer.

— Tiro, mesmo!

Pavel Pavlovitch tirou o chapéu, arrancou a cinta de crepe e jogou-a à estrada. Quando tornou a colocar o chapéu no crânio calvo, Veltchaninov viu-lhe o rosto radiante de esperança.

"Mas, afinal de contas", disse consigo, "será só isto? A insistência dele não esconderá uma cilada? Pavel contará mesmo com minha generosidade?" Esta suposição pareceu-lhe realmente injuriosa. "Que é esse tipo? Um farsante, um imbecil, um eterno marido? Ora! Não é possível!..."

CAPÍTULO 12
Em Casa dos Zakhlebinines

Os Zakhlebinines eram, de fato, uma "família muito distinta", como dissera Veltchaninov. O pai, muito benquisto, desempenhava um cargo importante. O que Pavel Pavlovitch dissera acerca da situação econômica da família também era exato: "Eles vivem bem; entretanto, se o pai morrer, não lhes ficará nada..."

Zakhlebinine acolheu Veltchaninov com grande cordialidade; o adversário de semanas atrás tornava-se um amigo.

— Felicito-o! Foi muito melhor assim — declarou ele, desde as primeiras palavras, ditas em tom amável, mas com empáfia. Eu mesmo insisti por uma solução amigável. E Piotr Karlovitch — era o advogado de Veltchaninov — sob esse aspecto é um homem precioso. O senhor vai receber sessenta mil rublos, sem discussão sem dilatações! Olhe que a questão poderia arrastar-se três anos!

Veltchaninov foi apresentado imediatamente à senhora Zakhlebinine, dama idosa, muito corpulenta, de feições murchas e vulgares. As meninas apareceram depois, uma a uma. Eram muitas: dez ou doze. Veltchaninov não chegava sequer a contá-las. Umas entravam, outras saíam. Mas havia, entre elas, moças da vizinhança, amigas da família. A residência dos Zakhlebinines, um grande prédio de madeira, de estilo desconhecido e extravagante, com muitos anexos de várias épocas, tinha um vasto jardim para o qual davam mais três ou quatro casas. Logo, o jardim era comum, o que favorecia, naturalmente, a aproximação das senhoritas Zakhlebinines com as suas amigas.

Desde as primeiras palavras, Veltchaninov compreendeu que era esperado e que sua visita fora anunciada quase solenemente, como a de um amigo de Pavel Pavlovitch, que desejava ser apresentado à família. Seu olhar penetrante, bem experimentado em tais assuntos, logo o convenceu de haver uma intenção particular no acolhimento que lhe dispensavam. À vista da amabilidade exagerada dos pais, de certo ar afetado das *toilettes* das moças — era, em verdade, dia festivo —, Veltchaninov desconfiou de que Pavel Pavlovitch houvesse manhosamente despertado nesse lar certa expectativa esperançosa, descrevendo-o como "homem da melhor sociedade", rico, farto da vida de celibatário, disposto talvez a mudar de situação e a "tomar juízo, tanto mais que acaba de receber uma herança". Reparando bem, a mais velha das senhoritas Zakhlebinines, Catarina Fedosseievna, a de vinte e quatro anos, que Pavel Pavlovitch achava encantadora, tomara em verdade certo ar de circunstância. Distinguia-se das irmãs pela elegância mais apurada, pelo seu penteado original. As irmãs, como as meninas da vizinhança, pareciam absolutamente certas de que Veltchaninov viera "para examinar Katia". Os olhares e, também, as palavras que lhes escapavam durante esse dia confirmavam essa suposição. Catarina Fedosseievna, alta, forte, de formas opulentas e belas feições, causava a impressão de uma criatura mansa, um tanto indolente e sem personalidade.

"Admira que ainda esteja solteira", pensava, malgrado seu, Veltchaninov, examinando-a com certo prazer. "Não tem dote, é verdade; e dentro de alguns anos se tornará matronal. Mas, por ora, ainda poderia ter apreciadores..."

As outras também não deixavam de ter certo encanto; e, entre as vizinhas, notavam-se rostinhos bem bonitos. Veltchaninov começava a interessar-se; tinha, aliás, uma ideia, desde que pusera os pés ali dentro.

Nadiejna Fedosseievna, a sexta irmã, a estudante que Pavel Pavlovitch considerava sua noiva, tardava a aparecer. Veltchaninov esperava-a com impaciência que o surpreendia e da qual ele zombava intimamente. A garota apareceu, afinal, não sem causar certa sensação, acompanhada de uma amiga, Maria Nikitichna, moreninha espevitada e maliciosa, de quem Pavel Pavlovitch, como se averiguou mais tarde, tinha verdadeiro pavor. Maria Nikitichna, jovem de vinte e três anos, risonha e inteligente, era preceptora em casa de uma família vizinha e amiga, onde havia várias crianças. Os Zakhlebinines tratavam-na como pessoa de sua classe, e as meninas adoravam-na. Percebia-se que Nadia não passaria sem ela, nesse momento. Desde a primeira vista de olhos, Veltchaninov notara que todas as moças, inclusive as vizinhas, não toleravam Pavel Pavlovitch; e mal Nadia surgira na sala ele se convenceu de que essa também *detestava* o pretenso noivo. Veltchaninov observou, igualmente, que Pavel não desconfiava de nada; ou pelo menos não queria, deliberadamente, abrir os olhos. Nadia era, de fato, a mais bonita. Moreninha, esquiva e ousada como uma niilista, diabrete de olhos cintilantes e sorriso delicioso, maldoso por vezes, que lhe entreabria os lábios rubros sobre a dentadura admirável, esbelta e graciosa, deixava já transparecer, no rosto ainda infantil, o ardor nascente do pensamento. Seus quinze anos revelavam-se em cada um de seus gestos, em cada uma de suas palavras. Verificou-se, mais tarde, que ela carregava realmente a pasta de colegial, quando Pavel Pavlovitch a vira pela primeira vez; mas desistira de usá-la.

A pulseira não obteve sucesso; causou até uma impressão desagradável. Mal avistou a noiva, Pavel Pavlovitch aproximou-se, sorrindo. Ofereceu o presente, alegando "o prazer extremo que tivera, ouvindo, na visita anterior, Nadia Fedosseievna cantar ao piano uma bela *romanza*..."

Atrapalhou-se, porém, e não conseguiu terminar a frase. Desconcertado, teimava em dar o bracelete a Nadia, que se esquivava, enrubescida de embaraço e de raiva, tentando conservar as mãos para trás. Voltou-se, afinal, com insolência, para a mãe, que assistia constrangida àquela cena, e disse em voz alta:

— Não quero essa pulseira, mamãe!

— Aceita e agradece! — interveio o pai, em tom enérgico e severo. Mas também estava desconcertado.

— É inútil, é inútil! — cochichou a Pavel Pavlovitch, com ar significativo.

Não podendo eximir-se, Nadia recebeu o estojo, de olhos baixos; dobrou rapidamente os joelhos numa reverência de colegial e endireitou-se, empertigada, como se a movesse uma mola. Uma das irmãs chegou-se para ver a joia; Nadia entregou-lhe o estojo fechado, sublinhando assim que nem lhe queria ver o conteúdo. A pulseira passou de mão em mão; mas todas as meninas a examinaram em silêncio, algumas com um sorriso irônico. Só a mãe murmurou com voz arrastada:

— Que beleza!

Pavel Pavlovitch tinha ímpetos de se sumir debaixo da terra.

Veltchaninov acudiu a socorrê-lo. Começou a falar alto, com uma loquacidade exuberante, agarrando-se ao primeiro assunto que lhe veio à mente. Cinco minutos depois, já conquistara a atenção geral. Dominava admiravelmente a arte da conversação mundana, a arte que se resume em parecer sincero, absolutamente simples e em mostrar, ao mesmo tempo, nas atitudes, que se têm os ouvintes na conta de pessoas igualmente simples e sinceras. Sendo preciso, Veltchaninov sabia desempenhar à perfeição o papel de homem alegre e feliz. Sabia dizer, no momento oportuno, uma frase espirituosa, uma alusão cômica, um trocadilho bem-feito, como por mero acaso, sem intenção, embora o gracejo, o jogo de palavras, toda sua conversação pudessem estar preparados desde muito, decorados até, por serem ditos tantas vezes. Veltchaninov sentia-se eufórico; alguma coisa o arrebatava, dava-lhe a certeza absoluta, triunfante, de que depois de minutos todas as atenções convergiriam para ele, todos os presentes só escutariam a ele, só falariam com ele, só achariam graça no que ele dissesse. Risos já espocavam, com efeito, aqui e ali. Pouco a pouco, a conversação tornou-se geral. Veltchaninov possuía em grau máximo o talento de atrair os mais casmurros para a palestra; já três ou quatro vozes falavam ao mesmo tempo. O rosto inexpressivo e triste da Sra. Zakhlebinine iluminou-se de satisfação, quase de alegria; o mesmo ocorreu com Catarina Fedosseievna, que o ouvia e olhava, encantada. Nadia observava Veltchaninov, com muita atenção, mas disfarçadamente. Via-se que estava prevenida contra ele. Isso, porém, só contribuía para o estimular. Maria Nikitichna, a "maldosa", conseguiu, no entanto, desfechar-lhe na conversação uma flecha acerada, contando que, na véspera, Pavel Pavlovitch falara dele como de um amigo de infância. Só com essa frase, aliás sublinhada, Maria lhe acrescentava à idade uns sete anos. Mas, com habilidade que assombrou o próprio Pavel, Veltchaninov conseguiu conquistar as simpatias da preceptora.

Pavel Pavlovitch conhecia, evidentemente, os meios de que dispunha o seu amigo e, a princípio, folgara sinceramente do sucesso de Veltchaninov. Rira-se discretamente com os outros, tomara parte na conversação. Aos poucos, porém, fora ficando pensativo e triste; e sua expressão apreensiva traía os sentimentos que o agitavam.

— Vejo que o senhor é um visitante com quem não são precisas cerimônias — observou jovialmente papai Zakhlebinine, levantando-se para subir ao seu quarto, no segundo andar, onde, apesar de ser dia festivo, o aguardavam alguns papéis para assinar. — Imagine que eu o julgava um rapaz macambúzio, acanhado. Como a gente se engana!

Havia um piano no salão. Veltchaninov quis saber quem fazia a música. Dirigiu-se logo a Nadia:

— A senhoria canta, não é verdade?

— Quem lhe disse? — redarguiu ela secamente.

— Pavel Pavlovitch, há pouco.

— Não é verdade. Eu canto por troça. Nem tenho voz.

— Eu também não tenho voz; assim mesmo, canto.

— E vai cantar? Nesse caso, também cantarei — tornou Nadia, com uns olhos cintilantes. — Mais tarde, porém, depois do jantar — acrescentou. — Estou farta desse piano! Aqui em casa, todos cantam e tocam, de manhã à noite. Katia já é mais que suficiente.

Veltchaninov aproveitou a deixa. Averiguou, assim, que só Catarina Fedosseievna estudava música a sério. Ele pediu-lhe logo que tocasse. Todos ficaram radiantes de vê-lo dirigir-se a Katia; mamãe Zakhlebinine chegou a corar de prazer. Catarina Fedosseievna levantou-se, sorrindo; chegou ao piano. De repente, suas faces se cobriram de forte rubor; e ela corava mais e mais, embaraçada por corar assim, como uma garota — ela, tão crescida, tão enérgica e já com vinte e quatro anos. Tudo isso lhe transparecia no rosto quando ela começou a tocar. Interpretou corretamente, embora sem muita expressão, um trecho de Haydn; estava muito constrangida. Terminada a peça, Veltchaninov elogiou, não a execução, mas o compositor; e particularmente o pequeno trecho escolhido pela pianista. Katia mostrou-se tão contente e agradecida por esses louvores que não eram para ela, e sim para Haydn, que Veltchaninov a olhou involuntariamente com mais simpatia, mais meigamente: "És mesmo uma boa menina", parecia ele dizer, e as moças logo deram mostras de compreender esse olhar; sobretudo a própria Catarina Fedosseievna.

— Belo jardim, o seu! — disse Veltchaninov, de repente, sem se dirigir a ninguém em particular, voltando-se para a porta da sacada. — Vamos ao jardim!

— Sim! Isso mesmo! Vamos ao jardim! — apoiaram várias vozes com entusiasmo, como se ele houvesse adivinhado o maior desejo de todos os presentes.

Passearam no jardim até o jantar. A Sra. Zakhlebinine sacrificou a sesta, para se unir ao grupo; mas ficou prudentemente no terraço, e ali não tardou a tirar um cochilo. Veltchaninov e as moças já eram bons camaradas. Três rapazes das casas vizinhas vieram a engrossar a comitiva. Dois deles eram estudantes e correram logo para as "suas garotas". O terceiro, moço de uns vinte anos, desgrenhado, sombrio, usava grandes óculos azuis. Manteve uma conversação rápida, em voz baixa, com Maria Nikitichna e Nadia. Falava de testa franzida, enviesando olhares severos a Veltchaninov e, pelo jeito, julgava-se autorizado a considerá-lo com extremo pouco caso. As moças propuseram logo alguns passatempos. Veltchaninov perguntou de que costumavam brincar. Disseram-lhe que sempre variavam os jogos; nessa noite, porém, organizariam um torneio de provérbios. E explicaram: todos os participantes do jogo sentam-se, menos aquele a quem cabe adivinhar. Enquanto ele se retira um instante, os outros escolhem um ditado. Por exemplo: "Devagar se vai ao longe". Volta o jogador que saiu, e cada um dos outros, por sua vez, lhe diz uma frase na qual esteja uma palavra do provérbio. O primeiro diz uma onde haja a palavra "devagar"; o segundo emprega "se vai"; o terceiro, "ao longe"; e assim por diante, havendo mais. O adivinhador tem de captar as palavras necessárias para reconstituir o provérbio.

— Deve ser muito divertido — observou Veltchaninov.

— Pelo contrário! É muito monótono! — retrucaram várias vozes.

— Também brincamos de teatro — disse Nadia, dirigindo-se a Veltchaninov. — Está vendo aquela árvore, cercada por um banco? São os bastidores onde os atores esperam a sua vez: o rei, a rainha, a princesa, o galã. Cada um entra em cena, quando lhe apraz; e declama o que lhe passar pela cabeça. Às vezes, sai-se bem.

— Esplêndido! — comentou Veltchaninov.

— Qual! Uma verdadeira maçada. No princípio, ainda passa. No fim, tudo se embrulha, porque ninguém acha uma conclusão. Talvez o senhor consiga animar a brincadeira. E nós acreditávamos que fosse um amigo de Pavel Pavlovitch! Ele gabou-se disto, simplesmente... Estimo que tenha vindo à nossa casa... por causa de uma questão...

Nadia olhou significativamente Veltchaninov, com ar muito sério; e foi juntar-se a Maria Nikitichna.

— Logo mais brincaremos com provérbios — cochichou a Veltchaninov uma das moças que ele mal entrevira e ainda não lhe dirigira a palavra. — Combinamos pregar boas peças a Pavel Pavlovitch; e o senhor vai ajudar-nos nisso.

— Que bom o senhor ter vindo! Aqui em casa, levamos uma vida tão triste! — disse-lhe confidencialmente outra meninota em que ele nem reparara ainda e que surgira não se sabia de onde, uma ruivinha tão corada pelo calor ou por qualquer estripulia, que chegava a parecer cômica.

Pavel Pavlovitch ia ficando mais e mais apreensivo. Veltchaninov e Nadia já eram bons amigos. Ela deixara de espreitá-lo disfarçadamente, só pensava em examiná-lo com atenção; ria-se, saracoteava-se. Chegou a pegar a mão do visitante. Estava muito alegre e não se preocupava com Pavel Pavlovitch, como se ele nem estivesse presente. Veltchaninov convenceu-se facilmente da existência de uma trama contra Pavel. Enquanto Nadia e um grupo de amiguinhas atraíam Veltchaninov para um canto, outras, com vários pretextos, arrastavam Pavel Pavlovitch para o lado oposto. Ele esquivava-se, corria a Veltchaninov e a Nadia, enfiava subitamente entre os dois a cabeça calva e inquieta, com a esperança de ouvir o que diziam, sem se dar ao trabalho de dissimular a intenção, com uma ingenuidade que chegava a ser lastimável. Veltchaninov não podia abster-se de observar Catarina Fedosseievna. Evidentemente, Katia não entendera que Veltchaninov não viera por ela, que se interessava demais pela jovem Nadia. Não se alterara, no entanto, sua expressão meiga e alegre. Dir-se-ia que ela se contentava em estar com as outras, em ter oportunidade de ouvir o que dizia o novo hóspede. Pelo que lhe tocava, reconhecia-se incapaz de intervir jeitosamente na conversação.

— É muito interessante sua irmã Catarina Fedosseievna! — murmurou Veltchaninov de repente a Nadia.

— Katia? Não há criatura melhor! Ela é o anjo de nós todas; e eu adoro essa irmã! — exclamou a garota, com exaltação.

Pelas cinco horas, serviu-se finalmente o jantar. Percebia-se que não era a refeição costumada e que o cardápio fora melhorado, em honra do novo comensal, acrescentando-se ao trivial vários pratos complicados. Um destes, aliás, de tal natureza, que ninguém saberia dizer ao certo o que era. Entre os vinhos de mesa comuns, troneava uma garrafa de Tokay, comprada evidentemente para a ocasião. E à sobremesa houve champanha. Papai Zakhlebinine bebera mais do que de costume e estava muito bem-humorado. Ria-se de tudo o que Veltchaninov se lembrasse de dizer. Pavel Pavlovitch, sentado no extremo da mesa, junto da Sra. Zakhlebinine, já não se continha. Arrebatado pelo espírito de emulação, lançou também sua pilhéria. À roda dele explodiram as risadas das moças.

— Papai! Papai! Pavel Pavlovitch também fez um trocadilho! — gritaram em uníssono duas senhoritas Zakhlebinines. — Diz que somos garotas dignas de admiração.

— Ah! Ele também sabe fazer trocadilhos? — redarguiu o conselheiro. — Que disse ele? — acrescentou, voltando-se para Pavel Pavlovitch, com ar de importância, um tanto protetor, e sorrindo de antemão do jogo de palavras anunciado.

— Simplesmente isto: que somos "garotas dignas de admiração".

— Sim... mas...

O conselheiro não compreendia; apesar disso, seu sorriso era mais e mais afável.

— Ora, papai! É possível que não entenda?

Explicaram-lhe afinal o sentido da alusão.

— Ah! — disse o conselheiro, um tanto desapontado. — Hum!... Perfeitamente... De outra vez, ele arranjará outro melhor...

E o sorriso de Zakhlebinine acabou numa risada.

— Não é possível ter talento para tudo, não é verdade, Pavel Pavlovitch? — acudiu Maria Nikitichna, com ironia. — Ai, meu Deus! ele engasgou-se! Uma espinha de peixe! — clamou a preceptora, levantando-se subitamente.

Foi um alarido geral; era justamente o que esperava Maria Nikitichna. Pavel Pavlovitch engasgara-se simplesmente com um gole de vinho, que tomara para disfarçar a confusão, e que lhe descera de través. Maria Nikitichna, porém, jurava que era uma espinha, que ela bem tinha visto! Morre-se disso!

— Batam-lhe nas costas! — sugeriu alguém.

— Sim. É o que há de melhor a fazer, com efeito — declarou papai Zakhlebinine.

Houve logo quem o fizesse. Maria Nikitichna, a ruivinha convidada igualmente para jantar e a senhora Zakhlebinine porfiavam em dar tapinhas nas costas de Pavel Pavlovitch. Ele tentava escapar-lhes, assegurando que engolira apenas de través, que a tosse não tardaria a passar. Evidenciou-se então que tudo não passava de uma peça maliciosa de Maria Nikitichna.

— Isso já excede os limites. Tu és mesmo endiabrada! — ralhou a senhora Zakhlebinine, ensaiando um tom severo.

Não pôde continuar. Porque rompeu em uma gargalhada que não era absolutamente de seu feitio, mas que produziu assim mesmo seu efeito.

Depois do jantar, o café foi servido no terraço.

— Dias maravilhosos tivemos este ano! — pronunciou sentenciosamente o conselheiro, correndo um olhar satisfeito pelo jardim! — Mas bem que precisaríamos de uma chuvinha... Bom; vou descansar. Divirtam-se! Tu também; diverte-te — acrescentou, saindo, com uma palmada amigável no ombro de Pavel Pavlovitch.

Este, enquanto voltavam ao jardim, precipitou-se atrás de Veltchaninov e agarrou-lhe a manga.

— Um minuto, por favor — murmurou-lhe, impaciente.

Enveredaram por uma alameda afastada.

— Não... tenha paciência... não. Desta vez não permitirei — continuou Pavel, em voz baixa, furioso, apertando o braço de Veltchaninov.

— Que tem você? — perguntou-lhe o companheiro, arregalando os olhos.

Pavel Pavlovitch, incapaz de articular um som, olhava-o, movendo os lábios, sorrindo raivosamente.

— Aonde foram? Aonde vão? Tudo está pronto! — gritaram as vozes impacientes das moças.

Veltchaninov encolheu os ombros e foi juntar-se ao grupo. Pavel Pavlovitch apressou-se a segui-lo.

— Aposto que ele lhe pediu um lenço! — disse Maria Nikitichna. — Da outra vez, esquecera o lenço de bolso.

— Ele sempre o esquece — interveio uma das senhoritas Zakhlebinines.

— Esqueceu o lenço!... Pavel Pavlovitch esqueceu o lenço!... Mamãe!... Pavel Pavlovitch está resfriado outra vez! — gritavam de todos os lados.

— Por que não disse? Sempre fazendo cerimônia, Pavel Pavlovitch! — respondeu a dona da casa, com a sua voz arrastada. — É bom não brincar com um resfriado. Vou mandar trazer-lhe um lenço. Mas como pode resfriar-se sempre? — acrescentou a dama, folgando de ter um pretexto para entrar.

— Tenho dois lenços e não estou resfriado! — gritou-lhe Pavel Pavlovitch.

Ela provavelmente não entendeu.

Minutos depois, enquanto Pavel Pavlovitch tentava aproximar-se o mais possível de Nadia e de Veltchaninov, uma criada de quarto apareceu, esbaforida, com um lenço na mão.

— Vamos! Vamos aos provérbios! Vamos aos provérbios! — insistiam muitas vozes, como se o jogo prometesse sabe Deus que sensações.

Escolhido o lugar, sentaram-se nos bancos. Maria Nikitichna foi a primeira adivinhadora. Exigiram que ela se afastasse bastante e não tentasse escutar. Escolhido o provérbio, distribuíram-se as palavras que o formavam. Maria Nikitichna adivinhou logo. Era: "O perigo é grande, mas Deus é misericordioso".

Depois foi o moço desgrenhado, de óculos azuis. Com ele, as precauções foram maiores. Colocaram-no perto do pavilhão, virado para o muro. Chamado, o jovem sombrio veio, altivo e displicente; dir-se-ia que se julgava humilhado. Não conseguiu adivinhar, por mais que fizesse repetir as frases e refletisse longamente, com um ar de tragédia. Foi um escândalo. O provérbio era: "A oração de Deus, o serviço prestado ao Czar, nunca são perdidos."

— Também, essa bobagem! — comentou o rapaz, vexado, retomando seu lugar.

— Oh! Que aborrecimento! — bocejou alguém.

Era a vez de Veltchaninov, com o qual se dobraram as cautelas e que também não conseguiu adivinhar.

— Que aborrecimento! Que aborrecimento! — repetiam vozes mais numerosas.

— Agora adivinho eu — disse Nadia.

— Não, não! Toca a Pavel Pavlovitch! É a vez de Pavel Pavlovitch! — gritaram as outras, animando-se.

Pavel Pavlovitch foi acompanhado ao muro do jardim, de cara para o canto, sob a vigilância da ruivinha. Já mais calmo, tendo recobrado o bom humor, ele se dispunha a fazer seu papel com o máximo escrúpulo, imóvel como um tronco, incapaz de se virar, com os olhos cravados na parede. A ruivinha vigiava-o, muito agitada, fazendo sinais de inteligência às amigas. Preparava-se, evidentemente, alguma coisa, um acontecimento aguardado com grande impaciência. De repente, a ruiva abriu os braços e o grupo todo dispersou-se a toda pressa.

— Corra! Mas corra! — repetia uma dezena de vozes abafadas a Veltchaninov, receosas de que ele não saísse de seu lugar.

— Por quê? Que aconteceu? — perguntou ele, seguindo os que fugiam.

— Silêncio! Não grite! É que ele vai ficar ali, de nariz contra a parede. E nós nos esgueiramos. Veja. Nastia também está fugindo.

Nastia, a ruivinha, corria desabaladamente, agitando os braços, como se houvesse acontecido sabe Deus o quê. Chegaram afinal ao extremo oposto do jardim, além de um tanque. A primeira coisa que chamou a atenção de Veltchaninov foi Catarina Fedosseievna, que discutia animadamente com as outras, especialmente com a irmã Nadia e Maria Nikitichna.

— Katia, querida, não te zangues! — dizia-lhe a caçula, abraçando-a.

— Está bem, não contarei à mamãe. Eu, porém, não fico aqui. Isso é malfeito! Que estará pensando o pobre, de nariz colado ao muro?

Katia retirou-se. As outras foram impiedosas. Exigiram que Veltchaninov não desse atenção a Pavel Pavlovitch, quando este viesse; como se nada houvesse ocorrido.

— E agora, brinquemos de pegar! — propôs a ruiva, extasiada.

Pavel Pavlovitch só apareceu depois de um bom quarto de hora, na maior parte do qual estivera naturalmente imóvel, "de nariz colado ao muro". A brincadeira continuava animada; as meninas gritavam e riam. Fulo de raiva, Pavel Pavlovitch cresceu para Veltchaninov, agarrou-lhe de novo a manga.

— Um momentinho, por favor...

— Meu Deus! Que amolante! "Um momentinho... um momentinho..."

— Precisa de outro lenço! — gracejaram algumas vozes.

— Desta vez o culpado é você! Só você! — rosnou Pavel Pavlovitch, entredentes.

Veltchaninov interrompeu-o, aconselhando-o com muita calma a ter mais senso de humor.

— É por isso que zombam de você! Sempre de cara amarrada, enquanto os outros se divertem!

Para sua grande surpresa, o efeito de suas palavras foi imediato. Pavel Pavlovitch calou-se, muito humilde, juntou-se ao grupo e, com ar submisso, quis tomar parte na brincadeira. A princípio, as moças deixaram-no em paz, brincaram com ele como com os outros. Ao fim de meia hora, Pavel refizera-se, estava quase alegre. Quando lhe tocava escolher a dama, designava quase sempre Nastia, a "pérfida", ou uma das irmãs Zakhlebinines. Veltchaninov, mais e mais surpreso, notou que Pavel não ousava chegar-se a Nadia, por mais que lhe andasse à roda. Fosse como fosse, aceitava aparentemente a sem-cerimônia com que o tratavam como coisa natural. Mais tarde, porém, lhe estava reservada outra provação.

Brincava-se de esconder e era permitido, escondendo-se, passar de um lugar para outro. Pavel Pavlovitch, que se abrigara à sombra de uma moita folhuda, cismou de repente de se esconder dentro de casa. Alguém percebeu a manobra; ecoaram gritos. Pavel subiu rapidamente a escada e precipitou-se para o sótão. Conhecia lá um cantinho, atrás de uma cômoda, e esperava alcançá-lo. Mas a ruiva, que o perseguia de perto, chegou-se na ponta dos pés e fechou a porta a chave. Depois, como pouco antes, as garotas deixaram de brincar e dispersaram-se.

Passados dez minutos, Pavel Pavlovitch teve consciência de que não o procuravam. Assomou à janela. Ninguém! Pavel não se animou a chamar, temendo acordar os donos da casa. A criada de quarto e a cozinheira tinham ordem de não aparecer nem responder ao chamado de Pavel Pavlovitch. Só o poderia libertar Catarina Fedosseievna. Ela, porém, se recolhera ao quarto, pusera-se a cismar e assim adormecera.

Pavel Pavlovitch passou mais de uma hora enjaulado. Afinal, as moças reapareceram, uma atrás da outra.

— Por que não desce, Pavel Pavlovitch? Há tanta alegria cá embaixo! Estivemos brincando de teatro. Alexei Ivanovitch era o galã...

— Pavel Pavlovitch! Que faz aí? Francamente, você nos surpreende!

— Que está acontecendo, afinal? — perguntou de repente a voz da senhora Zakhlebinine.

Acordara e decidira-se finalmente a descer ao jardim, para assistir às brincadeiras dos "meninos", esperando a hora do chá.

— Veja! É Pavel Pavlovitch.

Apontaram-lhe a janela onde se enquadrava a cara de Pavel Pavlovitch, pálida de raiva, contraída num sorriso.

— Que graça ele pode achar em ficar lá sozinho, enquanto os outros se divertem? — exclamou a dama, sacudindo a cabeça.

Entretanto, Veltchaninov fora honrado com a confiança de Nadia. Ela explicara-lhe por que se declarara "particularmente satisfeita com a sua visita". A explicação passou-se em uma alameda solitária. Maria Nikitichna fez sinal a Veltchaninov ainda entretido com os que brincavam, embora já o assaltasse uma grande tristeza. Maria levou-o à presença de Nadia e deixou-o a sós com ela.

— Estou convencida agora — começou Nadia sem rodeios, falando rapidamente — de que sua intimidade com Pavel Pavlovitch não é tanta como ele se gaba. E creio que só o senhor poderá prestar-me um favor muito importante. Olhe, aqui está o presente odioso desse homem — continuou a mocinha, exibindo o estojo. — Rogo-lhe que o devolva a Pavel imediatamente. Eu não lhe tornarei a falar, enquanto for viva. Poderá dizer-lhe, aliás, que eu o incumbi da devolução e de lhe proibir que tenha o atrevimento de me presentear outra vez. Quanto ao mais, outros o informarão. Quer prestar-me este favor e fazer o que lhe peço?

— Dispense-me, pelo amor do céu! — protestou Veltchaninov, repelindo o estojo.

— Como? Nega-se a atender-me?

E Nadia, estranhando a recusa, fitou-o com os grandes olhos admirados onde já despontavam as lágrimas.

Veltchaninov desatou a rir.

— Não é bem isso... Eu folgaria de obedecer-lhe. É que tenho contas a ajustar com ele...

— Eu sabia que o senhor não era amigo de Pavel Pavlovitch, que ele mentia! — atalhou Nadia voluvelmente. — Nunca eu me casaria com esse homem; fique sabendo! Nunca! Nem compreendo como ele pôde ter essa audácia!... Seja como for, o senhor vai ter de lhe devolver esta maldita pulseira. Do contrário, como me arranjarei? Quero absolutamente... absolutamente!... que ela lhe seja restituída hoje mesmo, que ele sofra esta afronta. E se for queixar-se a papai, verá o que lhe acontece!

Nisso, de dentro da moita, surgiu inesperadamente o rapaz de grenha revolta e óculos azuis.

— Você vai devolver o bracelete! — intimou furibundo, dirigindo-se a Veltchaninov. — Nem que fosse em nome dos direitos da mulher... se é que você está à altura de...

Não conseguiu terminar. Nadia agarrou-o pelo braço e atirou-o longe, com um violento repelão.

— Meu Deus, que idiota você é, Predpossylov! — bradou a garota. — Vá-se embora! Saia daqui! Não admito que esteja espionando! Já lhe disse que ficasse a distância.

Nadia batia os pés. O rapaz já se esgueirava entre as moitas. Ela, porém, continuava a percorrer a alameda, fora de si, com os olhos acesos, as mãos cruzadas no peito.

— Daí pode imaginar a que ponto eles são tolos! — exclamou, parando de repente diante de Veltchaninov. — Ria-se, ria-se! Mas pense no que eu estou sentindo!

— Não é *ele,* não? Não é ele? — perguntou Veltchaninov, divertido.

— Não, evidentemente; não é *ele.* Que ideia! — Nadia sorriu e corou. — É o amigo *dele.* Não sei como pode escolher amigos dessa laia. Não compreendo. Dizem que é homem de grande futuro; mas eu não compreendo... Não tenho a quem recorrer, Alexei Ivanovitch. Pela última vez: devolverá a pulseira?

— Faça-se a sua vontade! Dê-me o estojo...

— Ah! como é amável, como é bom! — exclamou ela, radiante, entregando o estojo. — Em troca, eu cantarei para o senhor todo o serão. Porque eu canto bem, sabe? Menti, ao dizer que não gosto de música.

Ah! se o senhor pudesse voltar, nem que fosse só uma vez, eu ficaria tão contente! Gostaria de lhe contar tudo, tudo, tudo, e muitas outras coisas, porque vejo que é bom, bom como Katia!

Efetivamente à hora do chá, a menina cantou duas canções, com voz ainda inculta, mas agradável e já bem empostada. Pavel Pavlovitch abandonara-se confortavelmente com os donos da casa, à mesa do chá onde já ronronava, entre porcelanas de Sèvres, o grande samovar. Tratavam talvez de assuntos importantes, visto que Pavel partiria na manhã seguinte para uma ausência de nove meses. Não dava mostras de se preocupar com o grupo jovem que voltava do jardim; e muito menos com Veltchaninov. Evidentemente, ainda não se queixara aos pais de Nadia; tudo parecia estar em perfeita ordem.

Mas, assim que Nadia começou a cantar, Pavel Pavlovitch apareceu. Nadia timbrou em não lhe responder a uma pergunta direta. Nem por isso ele se alterou. Postou-se atrás da cadeira, dando a entender com essa atitude que o lugar era seu e que não o cederia a ninguém.

— Agora é a sua vez de cantar, Alexei Ivanovitch! Mamãe, Alexei Ivanovitch vai cantar! — anunciaram as moças, agrupando-se à roda do piano, ao qual Veltchaninov, muito senhor de si, tomava lugar, preparando-se para se acompanhar.

Os donos da casa passaram ao salão, seguidos de Catarina Fedosseievna, que servira o chá.

Veltchaninov escolhera a canção de Glinka, hoje quase esquecida:

"Quando entreabrires os lábios, na hora jubilosa,
E, mais terna do que a pomba, me falares..."

Cantava, dirigindo-se diretamente a Nadia, postada perto dele. Perdera havia muito a voz; mas ainda se adivinhava que a tivera bela. Ouvira essa canção vinte anos antes, no seu tempo de estudante, interpretada pelo próprio Glinka, numa *soirée* artística em casa de um amigo do compositor. Naquela ocasião, Glinka, muito em forma, cantara e tocara suas obras prediletas, entre elas essa canção. Ele também já não tinha voz; mas Veltchaninov guardara lembrança da impressão profunda que lhe causara esse trecho musical; nenhum artista, nenhum cantor profissional poderia atingir essa intensidade de expressão. A exuberância da paixão crescia a cada frase melódica. E, justamente em razão dessa tensão em contínuo "crescendo", o mínimo exagero, a menor impropriedade de estilo, que passariam facilmente despercebidos em uma ópera, destruiriam toda a significação da música e lhe minorariam o efeito. Para ser perfeitamente executada, essa coisa tão simples e ao mesmo tempo tão extraordinária exigia uma inspiração muito sincera, uma paixão real; ou pelo menos sua imitação artística. Do contrário, a canção pareceria apenas vulgar. Seria impossível interpretar, com essa intensidade, uma paixão tão ardente, sem provocar desagrado, a não ser que a interpretação primasse pela sinceridade, pela simplicidade e até por um quê de ingenuidade. Veltchaninov lembrava-se de que, outrora, chegara a interpretá-la quase com perfeição. Assimilara quase completamente a maneira de Glinka. E, nessa noite, desde a primeira nota, desde o primeiro verso, a inspiração lhe abrasou a alma e lhe fez vibrar a voz. A cada palavra, a expressão se intensificava, revelava-se com mais audácia. Os últimos versos foram gritos de paixão. E quando, com os olhos cintilantes, fixos em Nadia, Veltchaninov cantou:

"Agora encaro-te ousadamente: olhos nos olhos,
Aproximo os lábios, já não tenho forças para te escutar;
Só *quero beijar-te, beijar-te, beijar-te..."*

Nadia estremeceu, quase amedrontada, e involuntariamente recuou um pouco. O sangue subiu-lhe às faces. No mesmo instante, Veltchaninov viu passar no rosto dela, surpreso e intimidado, uma expressão fugaz de assentimento. O auditório parecia fascinado e desconcertado, ao mesmo tempo. Não era possível, não ficava bem cantar assim. Contudo, aquelas carinhas jovens se rosavam de rubor, todos os olhos cintilavam como se esperassem a continuação. Veltchaninov reparou especialmente em Catarina Fedosseievna, que lhe parecia quase bela.

— Sim, senhor! Que *romanza!*... — comentou papai Zakhlebinine, meio desconcertado. — Não será muito violenta?... Bonita, sim... mas muito violenta...

— De fato. Muito violenta — concordou a esposa.

Pavel Pavlovitch não os deixou continuar: desvairado, perdendo a compostura a ponto de agarrar Nadia e afastá-la brutalmente de Veltchaninov, disse, esgazeando os olhos, com a voz entrecortada e os lábios trêmulos:

— Preciso falar-lhe!

Veltchaninov percebeu claramente que, naquele estado, Pavel Pavlovitch seria capaz dos piores desatinos. Pegou-lhe a mão e, sem se preocupar com a estranheza geral, levou-o ao terraço. Deu alguns passos com ele, no jardim já mergulhado na penumbra.

— Compreende que tem de partir imediatamente comigo? — começou Pavel Pavlovitch.

— Não; não compreendo.

— Lembra-se — tornou Pavel Pavlovitch, com uma voz intensa, mas abafada —, lembra-se? Não exigiu um dia que eu lhe dissesse tudo, francamente?... Sim, *tudo*... e lhe dissesse a *última palavra*... Lembra-se? Pois bem, chegou o momento de dizer essa palavra... Vamos!

Veltchaninov refletiu; encarou de novo Pavel Pavlovitch e consentiu em acompanhá-lo.

A despedida súbita dos dois surpreendeu os pais e indignou as moças.

— Mas, pelo menos, outra xícara de chá! — insistiu a Sra. Zakhlebinine, com voz queixosa.

— Que fúria te deu? — perguntou o conselheiro, descontente, dirigindo-se a Pavel Pavlovitch, que tentou sorrir, mas guardou silêncio.

— Por que leva Alexei Ivanovitch, Pavel Pavlovitch? — protestaram as meninas, suspirando e lançando ao desastrado Pavel olhares de censura.

Nadia olhou-o com tanto ódio, que ele se sentiu tolhido; ainda assim, não cedeu.

— Devo agradecer a Pavel Pavlovitch ter-me lembrado um compromisso importantíssimo que eu ia esquecendo — explicou Veltchaninov, apertando a mão do dono da casa e despedindo-se da Sra. Zakhlebinine e das filhas. Inclinou-se especialmente diante de Catarina Fedosseievna, gesto que despertou muita atenção.

— Agradecemos-lhe a visita; e sempre teremos muito prazer em vê-lo — concluiu Zakhlebinine, em tom compenetrado.

— Ah! Nós teremos muito prazer! — apoiou calorosamente a esposa.

— Volte, Alexei Ivanovitch, volte! — instaram as meninas, do alto da sacada, enquanto ele tomava lugar no carro, ao lado de Pavel Pavlovitch.

Veltchaninov teve até a impressão de que uma vozinha dizia, mais baixo do que as outras: "Volte, Alexei Ivanovitch, querido."

"A ruivinha" — disse ele, consigo mesmo.

CAPÍTULO 13
Para que Lado Pende a Balança

Embora pensasse na ruivinha, Veltchaninov estava descontente consigo mesmo, e o remorso já lhe perturbava o espírito. Aliás, em todo esse dia, passado aparentemente em meio de tanta alegria, a tristeza nunca o abandonara e, à hora em que entoara a canção de Glinka, ele já não sabia como lhe poderia escapar. Talvez fosse justamente essa melancolia o que o fizera cantar com tanta paixão.

"Como pude rebaixar-me a esse ponto... esquecer tudo!", pensava amargamente.

Mas procurou dar outro rumo às suas ideias. Lamentar-se parecia-lhe uma humilhação. Seria muito mais agradável descarregar a irritação, quanto antes, sobre alguém.

— Imbecil! — resmungou, furioso, enviesando um olhar a Pavel Pavlovitch, que também se encolhia, calado, em seu canto.

Calava-se obstinadamente; preparava-se talvez, coordenava as ideias. De quando em quando, com um gesto impaciente, tirava o chapéu e enxugava a testa com o lenço.

"Ele transpira!", pensou Veltchaninov, exasperado.

Pavel Pavlovitch só abriu a boca uma vez, para perguntar ao cocheiro se não havia temporal.

— Como não? — respondeu o homem. — O dia foi tão abafadiço!

Efetivamente, o céu nublava-se ameaçadoramente. Relâmpagos distantes riscavam o horizonte. A carruagem entrou na cidade pelas onze horas.

— Vou à sua casa — anunciou Pavel, em tom afável, nas vizinhanças do apartamento de Veltchaninov.

— Eu sei. Previno-o, porém, de que estou muito indisposto.

— Oh! Não me demorarei.

Na entrada, Pavel Pavlovitch entrou um instante no alojamento de Mavra.

— Que foi fazer lá? — inquiriu Veltchaninov, rispidamente, quando o viúvo reapareceu.

Subiram ao apartamento.

— Nada — ia explicando Pavel Pavlovitch. — É... o carro...

— Não permitirei que beba!

Veltchaninov não obteve resposta. Acendeu a vela. Pavel Pavlovitch acomodou-se logo na poltrona. Veltchaninov sentou-se defronte dele, com cara de juiz. E começou:

— Eu também prometi dizer-lhe minha "última" palavra. Aqui vai: julgo, em sã consciência, que entre nós todas as questões estão definitivamente acertadas e nada mais temos a dizer um ao outro. Ouviu bem? Nada! Logo, não acha melhor ir-se embora daqui, imediatamente, e deixar-me fechar a porta atrás de você?

— Ajustemos nossas contas — disse Pavel Pavlovitch afinal, pousando no interlocutor um olhar particularmente afetuoso.

— Ajustar nossas contas? — redarguiu Veltchaninov, pasmado. — Que expressão esquisita a sua! Que espécie de contas? Será a tal "última palavra" que prometeu dizer há pouco?

Exatamente isso.

— Já não temos contas a ajustar. O ajuste já terminou há muito! — replicou Veltchaninov altivamente.

— É o que lhe parece? — retrucou Pavel Pavlovitch, cruzando, num gesto singular, as mãos no peito.

Veltchaninov não respondeu. Mas o coração sugeria-lhe dolorosamente: "Lisa!"

— Como quer que me desobrigue? — perguntou, depois de longo silêncio.

O viúvo, na mesma atitude, não o perdera de vista.

— Não indo mais àquela casa — murmurou, com voz queixosa, levantando-se subitamente.

— Como? Só exige isso? — redarguiu Veltchaninov, com uma risada maldosa. — Permita que lhe diga, você hoje me surpreendeu muito — prosseguiu desdenhosamente. Mas, de repente, a expressão de sua fisionomia mudou, e ele continuou tristemente, com um sentimento profundo. — Escute: penso que nunca me rebaixei tanto como hoje. Primeiro, consentindo em acompanhá-lo; depois, procedendo como procedi. Foi mesquinhez lamentável. Aviltei-me, faltei com o respeito a mim mesmo, esqueci... Ora, por fim de contas... — Veltchaninov interrompeu-se de repente e, caindo em si, concluiu em outro tom: — Ouça! Você me pegou desprevenido hoje. Eu estava irritado, doente... Que adianta justificar-me, aliás? Não tornarei a ir lá. E posso garantir-lhe que nada lá me atrai — rematou energicamente.

— É mesmo? É mesmo? — clamou Pavel Pavlovitch, sem esconder seu contentamento.

Veltchaninov mediu-o de alto a baixo, com desdém, e pôs-se a percorrer o quarto. Afinal, não pôde deixar de observar:

— Pelo que parece, você está decidido a ser feliz, custe o que custar, não?

— É verdade — confirmou ingenuamente Pavel Pavlovitch, com voz macia.

"Que importa", pensou Veltchaninov, "que ele não passe de um farsante, que sua maldade seja pura estupidez? Não posso deixar de odiá-lo, mesmo que ele seja indigno da minha aversão!"

— Eu — ia dizendo Pavel Pavlovitch, com um sorriso humilde, resignado — sou um "eterno marido". Faz muito tempo que aprendi essa expressão com você, Alexei Ivanovitch... no tempo em que você ia à nossa casa. Naquele ano, guardei muitas das suas expressões. Na última vez, quando você disse aqui "eterno marido", compreendi.

Mavra entrou, com uma garrafa de champanha e dois copos.

— Perdoe, Alexei Ivanovitch. Sabe que não posso passar sem isso... Não o considere insolência de minha parte; e não veja em mim senão um estranho, absolutamente indigno de sua companhia...

— Está bem — autorizou Veltchaninov, contrariado. — Mas acredite que me sinto mal...

— Sim, já vou, já vou — acudiu Pavel Pavlovitch. — É só um copinho, porque tenho a garganta...

Interrompeu-se, esvaziou sofregamente o copo, de um trago; e tornou a sentar-se, lançando a Veltchaninov olhares quase carinhosos. Mavra saiu.

— Que vergonha! — resmungava Veltchaninov.

— A culpa é das amiguinhas! Aliás, tão novas, tão vaidosas. Divertem-se. É realmente um encanto. E lá, na minha terra, você compreende, eu serei o escravo; ela se verá rodeada, respeitada... a sociedade... Ela se transformará completamente.

"E tenho de lhe devolver a pulseira!", pensava Veltchaninov, apalpando o estojo no fundo do bolso.

— Você disse, há pouco, que estou decidido a ser feliz. Preciso casar — prosseguiu Pavel, em tom confidencial. — Do contrário, o que será de mim? Considere. — Pavel indicou a garrafa. — E este não é senão o menor dos meus defeitos. Não poderei viver, se não me casar, se não recobrar a minha antiga confiança em mim mesmo. Tendo a fé, ressuscitarei.

— Mas por que me conta essas coisas?

Veltchaninov reprimia a custo o riso; tudo aquilo parecia-lhe perfeitamente ridículo.

— Diga uma coisa, Pavel Pavlovitch, por que me arrastou até lá? Que necessidade tinha de mim?

— Era para verificar...

— Verificar o quê?

— O efeito... Olhe, Alexei Ivanovitch: faz uma semana que estou experimentando... lá... — Pavel Pavlovitch parecia mais e mais embaraçado. — Ontem, quando o encontrei, disse comigo: "Ainda não vi a garota em companhia de estranhos, com outros homens." Ideia tola, agora o percebo. Tola e supérflua. Mas a tentação foi muito forte. É este meu feitio detestável...

Pavel Pavlovitch levantou subitamente a cabeça e corou.

"Estará ele dizendo a verdade?", perguntou Veltchaninov a si mesmo, estupefato.

— E então? — acrescentou, em voz alta.

Pavel Pavlovitch sorriu com satisfação maliciosa.

— Puerilidades deliciosas, Alexei Ivanovitch! E a culpa, já disse, é das amiguinhas. Desculpe o meu procedimento idiota de hoje. Não tornarei a fazer isto. Nunca mais!

— Conto com isso.

Veltchaninov irritou-se subitamente.

— Mas eu não sou o único homem do mundo! — protestou, picado.

Pavel Pavlovitch corou mais intensamente.

— Lamento ouvi-lo dizer isso, Alexei Ivanovitch! Acredite, respeito profundamente Nadiejda Fedosseievna.

— Desculpe. Eu não tinha nenhuma intenção... Estranho, porém, que, atribuindo tamanho valor aos meus recursos, você... tenha confiança... absoluta em mim.

— O que me inspirou confiança foi justamente porque aquilo se passava... depois... depois de tudo o que se passou...

— Mesmo agora, você continua a julgar-me um homem honrado?

Veltchaninov interrompeu-se. Em outras circunstâncias, a ingenuidade de sua pergunta o surpreenderia.

— Sempre o tive nessa conta...

Pavel Pavlovitch falara, baixando os olhos.

— Sim, sim, evidentemente... Não é isto... não é neste sentido... Eu queria dizer que, apesar de todas... as prevenções...

— Sim, a despeito das prevenções...

— E, quando você viajava para São Petersburgo? — perguntou involuntariamente Veltchaninov, embora compreendesse que sua curiosidade era monstruosa.

— Quando vinha a São Petersburgo, eu o considerava da mesma forma um homem perfeitamente honrado. Sempre lhe tive muita estima, Alexei Ivanovitch.

Pavel Pavlovitch levantou os olhos e encarou o adversário, francamente, sem o menor constrangimento. De súbito, Veltchaninov teve medo. Não fazia questão de provocar uma confusão, nem queria que as coisas ultrapassassem certo limite, especialmente por sua causa.

— Eu o prezava muito, Alexei Ivanovitch — continuou Pavel, como quem se decide de repente. — Naquele ano, em T..., cheguei a querer-lhe bem. Você nem reparava — prosseguiu, com voz trêmula que aumentou o temor de Veltchaninov. — Que era eu, ao pé de você, para que reparasse em mim? Aliás, talvez assim fosse melhor. E, nesses nove longos anos, eu nunca o esqueci, porque não me lembro de um ano comparável àquele — nos olhos de Pavel Pavlovitch acendeu-se um brilho singular. — Guardei muitas das suas expressões, muitos dos seus modos de pensar. Sempre me recordava de você como de um homem entusiasta, capaz de bons sentimentos, culto, extremamente cultivado, cheio de ideias: "As grandes ideias são fruto de um grande coração, mais do que de grande inteligência." São palavras suas; mas você talvez as tenha esquecido, ao passo que eu as guardei na memória. Sempre vi em você um homem de coração. Portanto, contava com você... apesar de tudo...

O queixo de Pavel tremia. Veltchaninov, consternado, sentia que era imprescindível cortar aquele tom imprevisto, custasse o que custasse. Corando, descontente, exasperado, gaguejou:

— Sente-se, por favor, Pavel Pavlovitch! Mas por que — prosseguiu exaltando-se —, por que lhe deu para perseguir um homem doente, exacerbado, quase transtornado? Por que o quer arrastar às trevas... se... se tudo não passa de ilusão, de miragem, de mentira abjeta? Direi mais, de exagero. Sim; eis o principal, o mais revoltante, o exagero. Tudo isso é ridículo; somos, ambos, indivíduos viciosos, baixos, fingidos. E olhe, se quiser, provo-lhe agora mesmo que você não me tem estima: odeia-me pelo contrário, de todo o coração... talvez sem o saber. Não foi com o intuito de pôr à prova sua noiva — ideia ridícula! — que me arrastou àquela casa. Quando me viu ontem, o que você sentiu foi ódio, gana de me mostrar a garota, para ter ensejo de me dizer: "Estás vendo? Ela vai ser minha. Pois bem, atreve-te agora!"... Você me desafiou. Talvez não tivesse consciência do que fazia, mas foi assim. E você sentia exatamente dessa maneira. Ora, para provocar um homem, como você me provocou, é preciso odiá-lo. Portanto, você me odeia.

Veltchaninov percorria o quarto a passos largos, falava ofegando, humilhado, torturado pela certeza de se ver aviltado ao nível de Pavel Pavlovitch.

— Eu queria fazer as pazes com você, Alexei Ivanovitch — disse, de repente, o viúvo, em voz baixa, entrecortada, ainda com o queixo trêmulo.

Uma fúria cega dominou Veltchaninov como se ninguém o tivesse jamais ofendido tão cruelmente.

— Repito-lhe, mais uma vez — gritou ele, fora de si —, que está perseguindo um homem doente, exasperado... Persegue-o, para lhe arrancar a palavra que espera em vão!... Sim: nós somos... nós pertencemos a mundos diferentes... Compreenda isto, afinal! Demais... há entre nós um túmulo... — concluiu com voz abafada, voltando subitamente a si.

— Mas como pode compreender — o rosto pálido de Pavel Pavlovitch contraiu-se num esgar —, como pode compreender o que esse túmulo significa para mim... aqui? — gritou o viúvo, crescendo para Veltchaninov, batendo no peito, com um gesto ridículo, atroz. — Eu bem sei o que é essa pequena sepultura. Ela está entre nós; e nós a ladeamos. Mas, fique sabendo: ela está mais de meu lado... Mais!... Mais!... — gaguejava Pavel, como em delírio, continuando a bater no peito. — Sim: mais de meu lado!...

Interrompeu-o o toque violento da campainha, puxada de fora como se lhe quisessem arrancar o cordão.

— Não se toca assim, à minha porta! — disse Veltchaninov, desconcertado.

— Mas esta não é minha casa — balbuciou Pavel Pavlovitch, voltando à realidade, a ser o Pavel Pavlovitch de momentos antes.

Veltchaninov, embora contra a vontade, foi ver quem era.

— É o senhor Veltchaninov, se não me engano? — disse, na antessala, uma voz jovem, sonora e firme.

— Que deseja?

— Estou seguramente informado de que está agora em sua casa um tal senhor Troussotzky — tornou a voz firme e sonora. — Preciso avistar-me com ele.

Veltchaninov teria tido, em verdade, muito gosto em atirar escada abaixo, com um bom pontapé, o importuno petulante. Mas, depois de breve reflexão, afastou-se para deixá-lo passar.

— O senhor Troussotzky está aqui. Entre.

CAPÍTULO 14
Sachenka e Nadenka

Entrou um rapaz de uns dezenove anos; ou talvez de menos idade, porque era um rosto de criança sua bela fisionomia altiva e resoluta. Estava bem-trajado; ou pelo menos a roupa lhe ia muito bem. Era de estatura inferior à mediana; os cabelos negros, revoltos, os olhos escuros, arrogantes, emprestavam uma expressão peculiar às suas feições. Sem o nariz grande, um tanto arrebitado, seria realmente um belo rapaz. Adiantou-se com ar de importância.

— Presumo que tenho ocasião de falar ao senhor Troussotzky — disse, articulando as sílabas e sublinhando a palavra *ocasião* intencionalmente, como para dar a entender que uma conversação com o dito Troussotzky não se lhe afigurava honra nem prazer.

Uma ideia súbita cruzou a mente de Veltchaninov. Pavel Pavlovitch também parecia estar pressentindo alguma coisa. Esforçou-se, no entanto, por se conter, embora lhe transparecesse no rosto vaga apreensão.

— Não tenho a honra de conhecê-lo — respondeu com dignidade. — Não vejo o que possa haver de comum entre nós.

— Comece por escutar; depois me dará seu parecer — disse o rapaz, em tom decidido e sentencioso.

Levou ao nariz a luneta de tartaruga, que trazia presa a um cordão de seda, e examinou atentamente a garrafa de champanha, na mesa. Terminado o exame, dobrou com calma a luneta e disse, voltando-se para Pavel Pavlovitch:

— Alexandre Lobov.

— Que significa Alexandre Lobov?

— Sou eu. Não me conhece?

— Não.

— Nem poderia conhecer-me. Traz-me aqui uma questão importante que lhe diz respeito. Mas peço permissão para me sentar. Estou cansado...

— Sente-se — disse Veltchaninov.

O moço não esperara a autorização; já estava sentado.

Apesar da pontada, mais e mais aguda, que lhe traspassava o peito, Veltchaninov observava com muito interesse o jovem atrevido. Vislumbrava certa semelhança, embora muito vaga, entre esse belo rosto corado e juvenil e Nadia Fedosseievna.

— Sente-se também — disse o rapaz a Pavel Pavlovitch, indicando-lhe, com um sinal displicente, uma poltrona fronteira à sua.

— Prefiro ficar de pé.

— Vai cansar-se. Quanto ao senhor Veltchaninov, suponho que pode ficar.

— Não tenho nenhuma razão para sair. Estou em minha casa.

— Como quiser. Direi, até, prefiro que o senhor assista à minha explicação com este senhor. Nadiejda Fedosseievna falou-me a seu respeito, nos termos mais elogiosos.

— Realmente? E quando teve tempo para isso?

— Logo depois que o senhor saiu. Eu também venho de lá. Vamos, pois, ao caso. Senhor Troussotzky — continuou o moço, falando entre dentes, muito devagar, e dirigindo-se a Pavel, que permanecia de pé. — Nadiejda Fedosseievna e eu nos amamos, desde muito tempo; estamos comprometidos um com o outro. O senhor é um obstáculo entre nós. Venho, portanto, convidá-lo a retirar-se. Está disposto a obedecer?

Por um triz, Pavel Pavlovitch não se estatelou no chão. Empalideceu, mas um sorriso malévolo torceu-lhe os lábios.

— Não! De modo algum! — respondeu terminantemente.

— Vejam só! — articulou o moço, empertigando-se na poltrona e cruzando as pernas.

— Não sei sequer a quem estou falando — tornou Pavel Pavlovitch — e presumo que nada mais temos a dizer-nos.

Mas, ao dizer isso, achou bom sentar-se por seu turno.

— Eu o preveni de que ia cansar-se — observou despreocupadamente Lobov. — Já tive oportunidade de lhe declarar que me chamo Lobov e que Nadia Fedosseievna e eu somos noivos. Logo, não tem o direito de dizer, como acaba de o fazer, que não sabe com quem está falando. Também não pode pensar que nada mais temos a dizer um a outro. Não se trata só de mim; trata-se de Nadiejda Fedosseievna, que o senhor persegue tão descaradamente. Só isto bastaria para motivar nossa entrevista.

O jovem Lobov falava entre dentes, num tom de soberba, mal se dando ao trabalho de articular as palavras. Tornou a abrir a luneta e, enquanto falava, dava-se ares de estar examinando alguma coisa.

— Perdão, moço... — começou Pavel Pavlovitch, furioso.

O "moço" cortou-lhe rispidamente a palavra:

— Em qualquer outra circunstância, eu lhe proibiria que me chamasse "moço". No caso presente, há de convir que a minha mocidade é minha principal superioridade sobre o senhor. Hoje mesmo, por exemplo, quando ofereceu a tal pulseira, aposto que desejaria ser mais jovem.

"Oh! Oh! Viborazinha!" — resmungou Veltchaninov.

— Em todo caso, senhor — disse Pavel Pavlovitch, com dignidade —, nego-me a tomar em consideração as razões que invocou... Razões duvidosas. Não vejo em tudo isto senão uma criancice destituída de importância. Amanhã mesmo, procurarei informar-me com o respeitável Fedossei Simionovitch. Por ora, peço-lhe que me deixe em paz.

— Está vendo esse homem? — bradou o adolescente a Veltchaninov, já incapaz de conservar seu tom indiferente. — Não lhe basta que o escorracem de lá, mostrando-lhe um palmo de língua! Quer ainda levar mexericos ao pai! Não prova assim, homem teimoso, que pretende obter a menina à força, comprando-a dos pais, já caducos, mas ainda autorizados a exercer poder sobre a filha, pela barbárie social? Acaso ela não lhe manifestou suficientemente seu desprezo? Não lhe devolveu seu presente desastrado, a sua pulseira? Que mais quer?

— Ninguém me devolveu a pulseira! Nem seria possível! — protestou Pavel Pavlovitch, sobressaltado.

— Não seria possível, diz você? O senhor Veltchaninov não lhe restituiu a pulseira?

"Diabos te levem!", praguejou mentalmente Veltchaninov.

— É verdade — disse em voz alta. — Nadia Fedosseievna incumbiu-me, há pouco, de lhe entregar este estojo, Pavel Pavlovitch. Eu não queria recebê-lo: ela insistiu. É incumbência de que me custa desobrigar-me.

Veltchaninov tirou o estojo do bolso e pousou-o diante de Pavel Pavlovitch, que se diria fulminado de estupefação.

— Por que não o devolveu logo? — perguntou severamente o rapaz a Veltchaninov.

— Não tive tempo — retrucou Veltchaninov, com mau modo.

— Estranho muito!

— Por quê?

— Reconheça pelo menos que tenho o direito de estranhar. Estou, aliás, pronto a admitir que houve um mal-entendido...

Veltchaninov teve uma vontade furiosa de puxar as orelhas do garoto; mas, incapaz de manter o ar sério, desatou a rir-lhe na cara. Lobov também se riu. Se, nesse instante, Veltchaninov reparasse no olhar terrível de Pavel Pavlovitch, compreenderia que o viúvo atingira certo limite perigoso. Mas, embora não lhe visse o olhar, Veltchaninov sentiu que devia tomar o partido de Pavel.

— Escute, senhor Lobov — começou, em tom afável. — Sem entrar no exame dos outros motivos, que prefiro não discutir, eu lhe farei observar que, solicitando a mão de Nadiejda Fedosseievna, Pavel Pavlovitch tem a seu favor a vantagem de ser muito conhecido pela respeitável família Zakhlebinine. Secundariamente, cumpre levar em conta sua excelente situação e sua fortuna. É, pois, muito natural que ele estranhe ter um rival de sua categoria. Não quero dizer com isso que o senhor não tenha as mais altas qualidades. É, porém, tão jovem, que Pavel Pavlovitch não o pode tomar a sério... E tem o direito de lhe pedir que acabe com isso.

— Que entende o senhor por "tão jovem"? Tenho dezenove anos feitos. De acordo com a lei, já poderia estar casado há muito. Aí tem!

— Mas que pai consentiria em lhe entregar uma filha agora, ainda que o senhor venha mais tarde a ser várias vezes milionário, ou não sei que benfeitor da humanidade? Um moço de dezenove anos ainda não pode assumir a responsabilidade de seus atos. E o senhor pretende assegurar o futuro de outra pessoa com menos idade do que a sua! Não acha que isso pode não parecer muito direito? Se tomo a liberdade de lhe falar com franqueza é porque, há pouco, o senhor mesmo invocou meu testemunho contra Pavel Pavlovitch.

— Ah! Sim? Ele se chama Pavel Pavlovitch? — observou Lobov. — Por que, então, eu julgava que seu nome era Vassili Petrovich? Pois bem — continuou o rapaz, falando a Veltchaninov —, suas palavras não me surpreendem absolutamente. Eu sabia que os senhores são todos iguais! Ainda assim, é estranho! Falaram-me do senhor, como de um homem bem moderno. Aliás, nada disso tem importância. Não estou praticando nenhuma ação desonesta, como tomou a liberdade de dizer. É exatamente o contrário; e tentarei provar-lhe o que digo. Em primeiro lugar, ela e eu trocamos promessa de casamento, e eu me comprometi, formalmente, perante duas testemunhas, a cumprir as seguintes condições: se um dia ela vier a amar outro, ou simplesmente se arrepender de ter casado comigo e desejar uma ruptura, eu me reconhecerei imediatamente, por escrito, culpado de adultério e lhe fornecerei os motivos necessários para conseguir o divórcio. E não é tudo. Prevendo a eventualidade de mais tarde eu me negar a dar-lhe esse documento, entregar-lhe-ei, como garantia, no dia do casamento, uma letra de câmbio de cem mil rublos. Em consequência, se eu teimasse em não consentir no divórcio, ela exibiria minha letra e mandaria prender-me. Como vê, tudo está previsto; não comprometo o futuro de ninguém. Isto, quanto ao primeiro ponto.

— Imagino que foi o outro... como se chama ele?... Predpossylov, não?... Foi ele quem imaginou esse belo plano?

— Ih!... Ih!... Ih!... — riu-se maldosamente Pavel Pavlovitch.

— De que se ri esse senhor? Adivinhou, o esquema é de autoria de Predpossylov, e está muito bem-feito, concordo. A legislação absurda está completamente impedida. É óbvio que tenciono amar minha mulher, enquanto for vivo; e todas estas precauções a divertem; mas o plano é extremamente hábil. Confesse que é muito nobre e não ocorreria a qualquer um.

— A meu ver, não só carece de nobreza, mas pode parecer até muito feio.

Lobov encolheu os ombros.

— Repito-lhe, o senhor não me surpreende. Há muito tempo que essa espécie de coisas não me causa estranheza. Predpossylov lhe diria na cara que sua incompreensão dos fatos mais naturais deriva da perversão de seus sentimentos, de suas ideias; e, acima de tudo, da existência absurda que vem levando há muito; em segundo lugar, de sua longa ociosidade... Aliás, é possível que não nos estejamos entendendo; falaram-me do senhor em termos tão lisonjeiros... Já deve ter uns cinquenta anos, não?

— Voltemos ao nosso assunto, por favor.

— Desculpe a indiscrição e não a leve a mal. Não tinha má intenção. Continuo, pois. Não sou absolutamente um futuro milionário... que ideia engraçada! Sou como me está vendo; mas estou absolutamente certo de meu futuro. Não serei um herói, nem benfeitor da humanidade; garantirei, porém, a existência de minha mulher e a minha. Por ora, a falar verdade, não tenho nada; fui até criado pela família dela, desde pequeno...

— Como assim?

— Naturalmente! Sou filho de um parente afastado da senhora Zakhlebinine. Com oito anos, perdi meus pais. O velho acolheu-me em sua casa; mais tarde, mandou-me para um colégio... É um bom sujeito, se quer saber.

— Eu sei.

— Sim, mas tem a cabeça abarrotada de ideias superadas. Bom homem, aliás! Eu me emancipei há muito de sua tutela; quero ganhar minha vida, não dever nada a ninguém.

— Desde quando? — perguntou Veltchaninov, com curiosidade.

— Há uns quatro meses.

— Ah! Então tudo se explica perfeitamente: amigo de infância! E tem uma posição?

— Sim. Trabalho com um notário: vinte e cinco rublos por mês. É provisório. Mas, quando fiz o pedido, eu não tinha nem isto. Naquele tempo, servia na administração dos caminhos de ferro, por dez rublos. Tudo isto é apenas provisório.

— Fez então o pedido aos pais?

— Sim, pedido oficial. E faz tempo: há três semanas.

— E o que aconteceu?

— A princípio, o velho riu-se muito; depois, zangou-se e aferrolhou a filha. Nadia, porém, foi heroica. Aliás, se não conseguimos o consentimento, é porque o velho, de uns tempo para cá, não me vê com bons olhos, porque deixei o escritório onde ele me colocara quatro meses antes. Isso foi ainda antes dos caminhos de ferro. Um velho excelente, repito: muito gentil, muito alegre em casa. Vá ver como é no escritório! Coisa bem diferente! É um Júpiter! Naturalmente, eu lhe fiz entender que suas maneiras não me agradavam. Mas o maior culpado é o subchefe; não é que lhe deu para se queixar de minha "grosseria"? Só porque eu lhe disse que não o achava suficientemente instruído... Mandei-os passear e agora estou com o notário.

— E o tal emprego era bem-remunerado?

— Eu era apenas extranumerário. Quem me pagava as despesas era o velho. Já lhe disse: ele é um santo! O que lhe digo é que não daremos o braço a torcer! É claro que vinte e cinco rublos não são suficientes. Por isto, espero entrar em breve para a administração das propriedades do conde Zavileisky, cuja situação está muito confusa. O ordenado inicial será de três mil rublos. Senão, serei advogado. Do que se precisa agora é de homens de iniciativa!... Oh, oh, que trovoada! Vamos ter temporal. Foi sorte eu ter chegado antes! Vim de lá a pé, quase sempre a passo de marcha...

— Permita uma pergunta: estando as coisas como estão e, se não o recebem em casa, de que maneira conseguiu falar a Nadiejda Fedosseievna?

— Pode-se falar por cima do muro. Não reparou na ruivinha? — perguntou Lobov, rindo-se. — Ela trabalha para nós; tanto quanto Maria Nikitichna. Mas o que tem o senhor? Medo da tormenta?

— Não; é que me sinto mal, muito mal.

— Nesse caso, eu o estou incomodando... Não se constranja; eu me vou imediatamente...

Alexandre Lobov levantou-se logo.

— Não me incomoda absolutamente — disse Veltchaninov, em tom cortês. — Não é coisa de cuidado.

— Como não? "Quando Kobylnicof se queixa de cólicas..." Lembra-se de Chtchedrins? Aprecia Chtchedrins?

— Sim.

— Eu também. Então, Vassili... Ah! Desculpe, Pavel Pavlovitch! Senhor Pavel Pavlovitch — continuou Lobov, dirigindo-se ao rival, quase sorrindo. — Acabemos com isto. Formularei mais uma vez a questão, para que entenda bem: consente em declarar oficialmente aos pais, amanhã, em minha presença, que desiste de todas as suas pretensões à mão de Nadiejda Fedosseievna?

— Não! Não consinto! — rebateu Pavel Pavlovitch, levantando-se impaciente, irritado. — E rogo-lhe mais uma vez me deixe em paz, porque tudo isso não passa de criancice e bobagem!

— Tome cuidado! — advertiu o rapaz, com um sorriso arrogante, ameaçando o viúvo com o dedo. — Vai errar seus cálculos. Não percebe aonde o pode levar esse erro de cálculo? Pelo que me toca, previno-o de que, dentro de dez meses, quando estiver de volta depois de muitas despesas e muitos contratempos, vai ter de renunciar a Nadiejda Fedosseievna. Se não renunciar, tanto pior para você! Aí está o que terá arranjado! Lembra, mal comparando, um cachorro deitado num monte de capim. Cachorro não come capim, mas não admite que os outros se cheguem. Repito-lhe caridosamente: pense bem. Procure raciocinar, pelo menos uma vez na vida.

— Dispense-me do sermão, por favor! — gritou Pavel Pavlovitch, furioso. Quanto às suas baixas alusões... já amanhã cuidarei seriamente disso!

— As minhas baixas alusões? A que se refere? Baixo é você, se tem essas ideias na cabeça. Consinto, aliás, em esperar até amanhã, se... Bom! Mais uma trovoada! Até breve! Folgo de conhecê-lo — concluiu Lobov, despedindo-se de Veltchaninov.

E saiu apressadamente, para escapar ao temporal e evitar a chuva.

CAPÍTULO 15
Contas Ajustadas

— Você viu? Você viu? — clamou Pavel Pavlovitch, correndo para Veltchaninov, mal a porta se fechou atrás de Alexandre Lobov.

— Sim, você não tem mesmo sorte — respondeu Veltchaninov irrefletidamente.

Não fosse a irritação causada pela dor, que o atormentava mais e mais, não deixaria escapar essa frase. Pavel Pavlovitch estremeceu, como ao contato de ferro em brasa.

— E você, então? Era de pena, sem dúvida, que não me devolvia a pulseira, hein?

— Faltara-me tempo...

— E lastimava-me, como verdadeiro amigo, não é?

— Pois olhe, é verdade, lastimava-o.

A cólera começava a apossar-se de Veltchaninov. Ainda assim, ele referiu em poucas palavras o episódio da pulseira, contou como Nadiejda Fedosseievna forçara-o quase a aceitar essa incumbência.

— Compreenda; eu não queria encarregar-me disto. Já tinha aborrecimentos bastantes.

— E deixou-se levar, e aceitou o encargo! — motejou Pavel Pavlovitch.

— O que você diz é ridículo. Aliás, eu o desculpo. Acaba de se convencer de que não sou eu quem desempenha o papel principal nesta história. O galã é outro.

— Apesar disso, você se deixou levar!

Pavel Pavlovitch sentou-se, encheu o copo.

— Pensa que terei medo desse fedelho? Pois sim! Quebro-o como vidro! Vou lá amanhã e acabo de vez com essa brincadeira!

Esvaziou o copo, quase de um trago, e tornou a enchê-lo. Agia com uma sem-cerimônia desusada.

—Veja só! Nadenka e Sachenka, hem? Que anjinhos!... Ih! Ih! Ih!...

Estava fulo de raiva. Mal se continha.

Um relâmpago deslumbrante iluminou-os seguido logo de um ribombo formidável. E o aguaceiro caiu em torrentes. Pavel Pavlovitch levantou-se e fechou a janela.

— Pelo jeito — disse Veltchaninov, falando a custo, tanto lhe doía a pontada — você se instalou aqui... Eu vou deitar-me; faça o que quiser.

— Com um tempo destes, não se enxota nem um cão! — protestou Pavel Pavlovitch, com ares de ofendido, mas folgando quase de ter o direito de se ofender.

— Pois fique, beba, passe a noite aqui — disse Veltchaninov, num tom de grande cansaço.

Deitou-se no seu divã, gemendo baixinho.

— Passar a noite? E... você não terá medo?

— Medo de quê?

Veltchaninov levantou de repente a cabeça.

— Ora! De nada... Disse por dizer... Na última, você dava a impressão de recear alguma coisa; pelo menos, foi o que me pareceu.

— Não seja tolo! — resmungou Veltchaninov, furioso, virando-se para a parede.

— Não faça caso — respondeu Pavel Pavlovitch.

O doente adormeceu quase logo. A alegria convencional que o animara em todo esse dia arrefecera de repente. E ele, já com a saúde muito abalada, sentia-se sem forças, como uma criança.

Mas a dor, sobrepujando a fadiga, tirou-lhe o sono. Após uma hora, despertou-o, forçou-o a levantar-se. O temporal passara. O quarto enevoara-se de fumaça de cigarro. A garrafa estava vazia e Pavel Pavlovitch dormia no outro divã. Deitara-se de costas, com a cabeça atirada para trás, vestido e calçado. A luneta deslizara-lhe do bolso e pendia da ponta do cordão, roçando quase o soalho. O chapéu rolara ao chão. Veltchaninov observava seu hóspede com um olhar rancoroso; não o acordou. Sem ânimo de voltar à cama, pôs-se a caminhar no quarto, todo encurvado, pensando com angústia na dor que o maltratava.

Ele tinha medo e não sem razão. Sofria desde muito tempo dessas crises que, porém, só se manifestavam com longos intervalos de um ou dois anos. Ele sabia que eram provenientes do fígado. A dor começava na "boca do estômago", ou mais acima, no peito, com uma pressão surda, leve a princípio, mas incômoda. Aumentava aos poucos, não raro pelo espaço de dez horas seguidas; tornava-se afinal tão violenta e tão intolerável, que ele julgava que ia morrer. A última — fazia um ano que a tivera — deixara-o tão abatido, que não lhe fora possível levantar a mão. E o médico não o autorizara a tomar senão alguns goles de chá bem fraco, com um pouco de pão molhado na sopa. As dores o assaltavam, sem causa aparente; mas quase sempre, depois de um excesso de excitação nervosa. Também desapareciam de maneira estranha; ora cediam logo à simples aplicação de compressas quentes, ora — como no acesso mais recente — nada adiantava, salvo o emprego repetido de vomitórios. O médico chegara a desconfiar de um envenenamento.

Faltava muito para amanhecer. Veltchaninov não queria chamar o doutor àquela hora da noite. Não tinha, aliás, muita simpatia pelos médicos. Já lhe custava, porém, conter-se; e pôs-se a gemer bem alto.

Pavel Pavlovitch acordou, soergueu-se no divã e ficou algum tempo escutando, apavorado, os lamentos de Veltchaninov. Via-o, com espanto, correr de uma a outra peça da casa. Evidentemente, a garrafa, que esvaziara, exercera no viúvo mais efeito que de costume; custava-lhe recobrar a lucidez. Compreendendo, afinal, correu para Veltchaninov, que mal conseguia falar.

— Isso é do fígado, eu sei o que é! — exclamou Pavel Pavlovitch, subitamente alarmado. — Piotr Kouzmitch Polossoukhine, que você conhece, tinha exatamente a mesma coisa; e era do fígado. O que é bom são compressas quentes. Piotr Kouzmitch não usava outra coisa. Pode-se morrer disso! Vou chamar Mavra, hem?

— Não é preciso, não é preciso! —Veltchaninov, irritado, esquivava-se. — Não preciso de nada.

Mas Pavel Pavlovitch (sabe Deus por quê) estava fora de si, como se estivesse em jogo a vida de um filho seu. Não admitia razões e insistia em que Veltchaninov aceitasse as compressas, tomasse uns goles de chá fraco, "e não apenas quente: fervente!". Correu a chamar Mavra, sem esperar a autorização de Veltchaninov, ajudou-a a fazer fogo na cozinha abandonada havia muito e ferveu água no samovar. Ao mesmo tempo, tornou a deitar o doente, despiu-o e enrolou-o num cobertor. Vinte minutos depois, estavam prontos o chá e a primeira compressa.

— São pratos estalando de quentes — explicava Pavel com uma espécie de entusiasmo, aplicando ao peito de Veltchaninov um prato aquecido e enrolado em guardanapo. Não temos outra coisa... Aliás, pratos quentes são o que há de melhor. Experimentei pessoalmente com Piotr Kouzmitch. Morre-se disso, sabe?... Tome o chá, depressa! Que importa que esteja muito quente? A vida vale bem umas queimaduras!

Atropelando Mavra, estremunhada, Pavel conseguia mudar os pratos de três em três minutos. Depois da terceira compressa e da segunda xícara de chá fervente, Veltchaninov sentiu certo alívio.

— Conseguindo minorar a dor e dominá-la, deve-se dar graças a Deus! — sentenciou Pavel Pavlovitch.

E foi-se, muito contente, preparar outro prato quente e outra taça de chá.

— Tudo está em vencer a dor, em lhe cortar o caminho — repetia a todo instante.

Ao fim de meia hora, a dor passara quase completamente. Mas Veltchaninov estava tão exausto que, apesar dos rogos de Pavel Pavlovitch, não permitiu que lhe aplicassem "mais um pratinho". Seus olhos fechavam-se de fraqueza.

— Dormir... dormir — murmurava Veltchaninov, quase sem voz.

— É o que há de melhor a fazer — concordou Pavel Pavlovitch.

— Passe a noite aqui... Que horas são?

— Quase quinze para as duas.

— Deite-se.

— Sim, vou deitar-me.

Um minuto depois, Veltchaninov chamou Pavel Pavlovitch.

— Você... você... — murmurou, enquanto o viúvo se inclinava para ele — você é melhor do que eu! Compreendo tudo... tudo... Obrigado!

— Durma, durma! — disse Pavel Pavlovitch, em voz baixa.

E voltou, na ponta dos pés, para seu divã.

Já quase adormecido, Veltchaninov ouviu-o fazer a cama, despir-se, apagar a vela e deitar-se, contendo a respiração para não o acordar.

Veltchaninov adormecera, sem dúvida, mal se apagou a luz. Mais tarde lembrou-se nitidamente desse pormenor. Mas, durante o sono e até o momento de acordar, viu em sonho que não dormia e que, a despeito de seu estado de fraqueza, não conseguia adormecer. Sonhou que delirava acordado e não podia afugentar as visões que se aglomeravam em torno dele, embora soubesse que eram apenas visões. Reconhecia-as todas, aliás. Tinha o quarto cheio; a porta de entrada ficara aberta, entrava gente aos montes, outras pessoas espremiam-se na escada. No meio do quarto, havia um homem sentado à mesa, exatamente como no sonho que ele tivera, um mês antes. Do mesmo jeito que no outro sonho, o homem apoiava os cotovelos na mesa e não dizia palavra; mas desta vez ele usava um chapéu redondo cintado de crepe. "Como? Da outra vez também seria Pavel Pavlovitch?", perguntava-se Veltchaninov. Mas, observando bem aquela personagem silenciosa, certificou-se de que não era Pavel Pavlovitch. "Por que, então, usa luto no chapéu?", estranhava Veltchaninov.

Os que se aglomeravam em torno da mesa falavam, gritavam, armavam um tumulto horrível, mostravam-se mais irritados contra ele do que da outra vez; ameaçavam-no com os punhos, bradavam-lhe coisas que não se conseguia entender.

"Sei que estou variando", pensava Veltchaninov. "Sei que não pude dormir e, não suportando a cama, de tanto que sofria, tive de me levantar..."

Entretanto, aquela gente, aquela gritaria eram tão reais, que Veltchaninov chegava a ter dúvidas. "Será mesmo uma alucinação? Que querem eles de mim? Meu Deus! Se não fosse alucinação, esta algazarra não teria acordado Pavel Pavlovitch? Entretanto, ele dorme em seu divã..."

Aí aconteceu alguma coisa como no outro sonho: todo o mundo precipitou-se escada abaixo e agrupou-se diante da porta, ao mesmo tempo que outra onda de gente subia para entrar. E essa gente trazia, escada acima, algo muito pesado e muito grande; ouvia-se o ressoar, nos degraus, dos pesados passos dos portadores, e suas vozes se cruzavam, em interpelações. Ecoaram gritos no quarto: "Eles o trazem! Eles o trazem!" Todos cravaram em Veltchaninov os olhos chamejantes, triunfantes e ameaçadores, apontando-lhe a escada. Não duvidando já de que aquilo fosse perfeitamente real, ele se ergueu na ponta dos pés, para poder ver, o quanto antes, acima das cabeças, o que traziam. Seu coração batia, batia,

batia... E, exatamente como no sonho anterior, soaram de súbito três violentos toques de sineta. E desta vez, também eles foram tão claros, tão nítidos, que não podiam ser evidentemente um sonho. Soltou um grito e despertou.

Mas, ao contrário do que fizera da outra vez, não correu para a porta. Que ideia lhe determinara o primeiro movimento? E, acaso, nesse instante, ele chegara a pensar? Fosse como fosse, dir-se-ia que alguém lhe soprara o que devia fazer. Veltchaninov endireitou-se na cama. Com as mãos estendidas, como para se defender e repelir um ataque, precipitou-se para onde deveria estar dormindo Pavel Pavlovitch. Encontrou logo outras mãos estendidas sobre ele e agarrou-as fortemente. Havia, então, alguém ali; alguém que estava de pé e se curvava sobre ele. Apesar dos reposteiros corridos, a escuridão não era completa; da outra sala, onde não havia cortinas, chegava até o quarto uma tênue claridade. De súbito, sentindo uma dor horrível na palma e nos dedos da mão esquerda, Veltchaninov compreendeu que apertara com força a lâmina de uma faca ou de uma navalha... No mesmo instante, alguma coisa caiu ao chão com um rumor pesado e seco.

Veltchaninov era bem três vezes mais forte que Pavel Pavlovitch. Apesar disso, a luta prolongou-se; não durou menos de três minutos. Por fim, ele subjugou o adversário e torceu-lhe os braços para trás; mas achou prudente ainda amarrá-los. Segurando com a mão esquerda ferida o assassino, pôs-se a procurar o cordão da cortina, às apalpadelas, com a direita. Isso durou muito tempo. Achou-o afinal e arrancou-o. Mais tarde, perguntava a si mesmo como tivera forças para aquilo. Durante esses três minutos, nenhum dos dois deixou escapar uma palavra; não se ouvia senão o rumor surdo da luta e a respiração oprimida dos dois antagonistas. Conseguindo finalmente prender os braços de Pavel Pavlovitch às costas, Veltchaninov atirou-o ao chão; endireitou-se, puxou o reposteiro e levantou o estore. Abriu então a janela e ficou ali uns momentos, aspirando profundamente o ar fresco. Já amanhecia, na rua deserta; passava de quatro horas. Veltchaninov fechou a janela, caminhou calmamente para o armário, de onde escolheu um guardanapo limpo com que enfaixou a mão esquerda, apertando bem a atadura, para estancar o sangue que escorria do corte. Seus pés tropeçaram em uma navalha aberta. Veltchaninov apanhou-a, dobrou-a e tornou a guardá-la no estojo que ficara, desde a manhã, na mesinha próxima do divã onde dormia Pavel Pavlovitch. Veltchaninov guardou o estojo na escrivaninha. Só então encaminhou-se até Pavel Pavlovitch e pôs-se a examiná-lo. Entretanto, Pavel conseguira levantar-se e sentara-se na poltrona, descalço e em mangas de camisa, a qual, aliás, estava manchada de sangue, nas mangas e nas costas. Era, porém, o sangue que escorrera da mão ferida de Veltchaninov.

Era, seguramente, Pavel Pavlovitch; mas à primeira vista ninguém o reconheceria se o visse assim de repente, tanto sua fisionomia mudara. Ele estava sentado, o rosto lívido, convulso, desfigurado. Suas mãos, atadas nas costas, mantinham-no hirto contra o espaldar. De vez em quando um estremecimento sacudia-lhe o corpo. Seus olhos fixaram-se em Veltchaninov, embaciados, como se ele não enxergasse bem. De súbito, deu um sorriso aparvalhado e, designando com um movimento da cabeça uma garrafa dágua que se encontrava sobre a mesa, murmurou:

— Água...

Veltchaninov encheu o copo e ajudou-o a beber. Pavel Pavlovitch estendeu avidamente os lábios. Sorveu três goles, levantou a cabeça e olhou atentamente Veltchaninov postado diante dele, com o copo na mão. Não disse nada e recomeçou a beber. Ao terminar, respirou profundamente.

Veltchaninov apanhou seu travesseiro, juntou suas roupas e passou para o quarto vizinho, fechando Pavel Pavlovitch a chave.

A dor passara-lhe completamente; mas o esforço de pouco antes — Deus sabe como lhe fora possível! — deixara-o numa fraqueza extrema. Veltchaninov tentou explicar-se o que se passara, mas suas ideias não se coordenavam ainda; o choque fora demasiado forte.

Seus olhos se fechavam por uns dez minutos, depois de súbito ele estremecia, acordava, lembrava-se de tudo; movia a mão ferida que doía enrolada no guardanapo ensopado de sangue, e punha-se a refletir com uma espécie de avidez febril.

Só um ponto se lhe afigurava perfeitamente claro: Pavel Pavlovitch queria efetivamente cortar-lhe o pescoço; mas, quinze minutos antes, não pensava em pegar a navalha. Talvez a tivesse visto na véspera; ela não lhe despertara nenhuma ideia, mas ficara-lhe na lembrança. Geralmente,

Veltchaninov trazia as navalhas fechadas a chave; servira-se dessa, no dia anterior, para tirar alguns pelos supérfluos do bigode e das suíças.

"Se ele já viesse há muito tempo tencionando matar-me, estaria, naturalmente, armado de punhal ou de pistola; não contaria com as minhas navalhas, que só viu ontem de noite" — cismava ele.

O relógio deu enfim seis horas. Veltchaninov vestiu-se e entrou no quarto onde deixara Pavel Pavlovitch. Abrindo a porta, perguntava a si mesmo por que o trancara ali, em vez de enxotá-lo imediatamente.

Teve a surpresa de encontrar o preso completamente vestido. Pavel conseguira soltar os braços e estava sentado na poltrona. Levantou-se, vendo Veltchaninov entrar, e enviesou-lhe um olhar medroso que parecia dizer:

"Não comeces! É melhor não falar..."

— Saia! — ordenou Veltchaninov. — Leve seu estojo! — acrescentou.

Pavel Pavlovitch voltou atrás, apanhou o estojo, guardou-o no bolso e caminhou para a saída. Veltchaninov acompanhou-o, para fechar a porta.

Seus olhares cruzaram-se pela última vez. Pavel Pavlovitch parou de repente. Eles se encararam, hesitando visivelmente, pelo espaço de segundos. Afinal, Veltchaninov disse em voz baixa, com um gesto cansado:

— Saia logo!

E fechou a porta a chave.

CAPÍTULO 16
Análise

Uma alegria imensa, extraordinária, o inundou: alguma coisa tinha-se acabado, alguma coisa resolvera-se; a angústia atroz que o atormentava afastava-se, dissipava-se. Pelo menos lhe parecia. Aquilo durara cinco semanas. Levantava a mão, olhava o guardanapo ensopado de sangue e murmurava:

— Desta vez acabou mesmo!

Pela primeira vez, nas últimas três semanas, quase não pensou em Lisa, como se o sangue que correra de seus dedos cortados houvesse acertado também essa conta.

Veltchaninov tinha plena consciência de haver escapado a um perigo terrível. "Esses tipos", pensava, "que um minuto antes não sabem se vão matar ou não, mal pegam uma arma com as mãos trêmulas e sentem nos dedos o primeiro esguicho de sangue quente, não se contentam com matar; querem degolar 'certinho', como dizem os forçados. Sim, é isso."

Veltchaninov não conseguiu ficar em casa. Saiu, convencido de que devia fazer logo alguma coisa, ou então de que alguma coisa devia acontecer-lhe inevitavelmente. Andava na rua, com uma sensação de expectativa, uma vontade extrema de encontrar alguém, de ter com quem conversar, fosse com quem fosse, até mesmo um desconhecido. Só então pensou em procurar um médico, para que lhe tratasse convenientemente a mão. O médico, conhecido seu, antigo, examinou o ferimento e teve a curiosidade de perguntar "como lhe acontecera aquilo". Veltchaninov evitou a resposta, pilheriando, rindo-se muito; quase ia contando tudo, mas conseguiu conter-se. O doutor tomou-lhe o pulso e, informado da crise da noite anterior, receitou-lhe uma poção calmante que ele tinha lá ao seu alcance. Tranquilizou-o quanto às possíveis consequências do ferimento:

— Daí não lhe virá nada de grave.

Veltchaninov desatou a rir e afirmou que o ferimento, pelo contrário, trouxera até resultados excelentes. Durante esse dia, assaltou-o, ainda, por mais duas vezes, a tentação de contar *tudo*; e mesmo uma vez a um senhor totalmente desconhecido ao qual dirigira a palavra em uma confeitaria, embora detestasse, por princípio, travar conversação com estranhos em lugar público.

Entrou em várias lojas, comprou um jornal, foi visitar seu alfaiate e encomendou-lhe um traje. Continuava a desagradar-lhe a ideia de uma visita aos Pogoreltzevs. E ele se esforçava por convencê-los. Aliás, não poderia ir para fora; esperava qualquer coisa, que deveria acontecer ali mesmo, na cidade.

Almoçou com muito apetite, conversou com o garçom, tomou meia garrafa de vinho. Nem pensava em uma repetição da crise da véspera; persuadira-se de que seu mal passara completamente, desde o momento em que ele saltara da cama e subjugara o assassino, hora e meia depois de ter-se deitado exausto.

Pela tarde, porém, acometido de vertigem, sentiu-se por momentos assaltado por ideias análogas às de seu sonho da véspera. Voltou à cama ao anoitecer e, ao entrar no quarto, teve uma sensação de medo. O apartamento parecia-lhe triste e sinistro. Veltchaninov revistou-o várias vezes; chegou mesmo à cozinha, onde nunca entrava.

"Foi aqui que eles aqueceram os pratos", pensou.

Fechou cuidadosamente a porta e acendeu as luzes, antes da hora habitual. Ao dar volta à chave, lembrou-se de que, na portaria, perguntara a Mavra se Pavel Pavlovitch não o procurara em sua ausência, como se realmente o viúvo pudesse voltar à sua casa.

Tomadas essas precauções, abriu a escrivaninha e retirou a caixa das navalhas. Examinou atentamente a navalha de "ontem". No cabo de marfim branco, viam-se apenas leves traços de sangue. Veltchaninov tornou a colocá-la na bainha e fechou o estojo na secretária. Tinha sono e sentia que devia deitar-se imediatamente, porque do contrário "amanhã não prestaria para nada..."

Ora, sem saber por que, ele pressentia que esse "amanhã" deveria ser um dia fatal, "decisivo". As mesmas ideias que o dia inteiro não o tinham abandonado na rua acudiam-lhe nesse instante, em tumulto. Acometiam-lhe o cérebro enfermo, sem lhe dar um minuto de trégua. Veltchaninov pensava, pensava e custou muito a adormecer.

"Se há motivo para crer que ele tentou degolar-me, sem premeditação", meditava ele, "será que já lhe ocorrera essa ideia? Pavel terá pensado em me matar, nem que fosse em um de seus maus momentos?"

Veltchaninov resolveu essa questão de maneira um tanto estranha.

"Sim, Pavel Pavlovitch quis matar-me, sem nunca ter tido intenção de me assassinar." Ou, por outra: "Pavel Pavlovitch queria matar. Pode não ter sentido, mas é assim. Não foi para procurar Bagaoutov nem para tratar de sua promoção que ele veio a São Petersburgo; embora, chegando aqui, ele tenha rondado os ministérios e procurado Bagaoutov. A morte do outro enfureceu-o, mas Bagaoutov não o interessava absolutamente. Foi por minha causa que ele veio a São Petersburgo... por minha causa ele trouxe Lisa..."

"E eu? Acaso esperava que ele... tentasse matar-me?" Percebeu que esperava aquilo mesmo, desde que vira Pavel Pavlovitch acompanhar de carro o enterro de Bagaoutov. "Desde esse dia, sempre desconfiei de alguma coisa. Não disto, naturalmente; não de que ele quisesse matar-me!"

— E não é possível — exclamou subitamente, levantando a cabeça do travesseiro e abrindo os olhos — que esse... doido fosse sincero, quando garantia ontem que me queria bem, batendo a mão no peito, com o queixo trêmulo?

"Sim, ele era sincero", afirmou Veltchaninov a si mesmo, estendendo e aprofundando a análise. "Esse Quasímodo de T... é suficientemente generoso e tolo, para querer bem ao amante da mulher, dessa esposa cujo procedimento pelo espaço de vinte anos lhe parecera irrepreensível. Ele respeitou-me nove anos, guardou lembrança de mim, armazenou na memória as "minhas expressões". Senhor! E eu que nem dei por isso. Ele não mentia, ontem. Será possível, no entanto, que ele me quisesse bem ontem, quando me declarava seu amor e me dizia ao mesmo tempo: "Ajustemos nossas contas"? Sim, ele amava, *odiando,* e este é justamente o amor mais profundo...

"Não é de duvidar que eu lhe tenha causado em T... uma impressão realmente formidável e 'benfazeja'. É justamente o que devia ocorrer a esse Schiller-Quasímodo. Ele me fez cem vezes maior que o natural, porque eu lhe revolucionava demais a solidão filosófica... Seria curioso de averiguar o que foi exatamente que mais o impressionou. Minhas luvas novas talvez, ou meu modo de usá-las? Os Quasímodos prezam muito a estética! Ah! como a prezam! As luvas são mais do que suficientes, para certas almas muito generosas; acima de tudo para os 'eternos maridos'. Quanto ao mais, eles o exagerarão mil vezes e se baterão, se o quiserdes, por vós. E o valor que ele atribui aos meus meios de sedução! É bem possível que tenham sido eles o que o conquistou, mais do que outra coisa... E seu grito, no outro dia: 'Se esse também, então em quem hei de acreditar?' Depois de um grito assim, a criatura torna-se uma fera..."

"Hum!... Ele chegou aqui, para me beijar e chorar", como ele próprio dizia, tão desagradavelmente; isto é, vinha a São Petersburgo para me degolar, mas pensava que era "para me beijar e chorar"... E trouxe Lisa. Aliás, se eu chorasse com ele, Pavel seria bem capaz de perdoar... Vontade não lhe faltava! ... E tudo isso, desde o primeiro encontro, desandou em caretas de bêbado, em gestos grotescos, em lamúrias de mulher desonrada (e os chifres, os chifres de que ele se gabava?) Por isso ele vinha ébrio, para desabafar, nem que fosse em caretas, o que lhe pesava na consciência. Não estando embriagado, ele não poderia sequer falar... Aliás, ele gostava de caretas, de palhaçadas. Como gostava! E que satisfação, quando conseguiu que eu o beijasse! Mas ele não sabia ainda como a história ia acabar: em beijos, ou em facadas? Afinal, achou que o melhor, evidentemente, seria beijar e degolar. Era a solução mais natural. Sim, a vida não tolera os monstros: livra-se deles, com "soluções naturais". O mais monstruoso dos monstros é o que tem bons sentimentos. Sei disso por experiência pessoal, Pavel Pavlovitch! Para os monstros, a natureza não é mãe, é madrasta. Produz o monstro e ao invés de se compadecer dele, condena-o. Tem de ser assim. Os abraços, as lágrimas de perdão, em nossa época, não convêm sequer aos homens de bem. Quanto mais a nós, não, Pavel Pavlovitch?

"Sim, ele foi tolo, a ponto de me levar à casa da noiva. Meu Deus! Uma noiva! A ideia de ressuscitar para uma nova vida, graças à inocência da senhorita Zakhlebinine só poderia meter-se na cabeça de um Quasímodo desta espécie. A culpa não é sua, Pavel Pavlovitch, não é você o culpado. Você é um monstro e, em consequência, em você tudo tem de ser monstruoso: seus sonhos e suas esperanças. Mas, por mais monstro que seja, ele duvidou de seu sonho, precisou da alta sanção de Veltchaninov, tão respeitado, tão venerado. Necessitava da aprovação de Veltchaninov, da garantia de Veltchaninov de que o sonho não era um sonho, mas a própria realidade. Foi porque me respeita que me levou lá; porque tinha confiança na nobreza de meus sentimentos; contava talvez com que nos abraçaríamos lá atrás de uma moita, soluçando, não longe da inocência. Sim, esse eterno marido, mais dia menos dia, teria de se castigar a si mesmo, de uma vez por todas e, para se castigar, pegou a navalha, sem premeditação, é verdade, mas de qualquer maneira empunhou a navalha. "E apunhalou-o, em presença do governador..." Acaso ele pensava em uma coisa do gênero, quando me contou o episódio do cavalheiro de honra? Passar-lhe-ia qualquer coisa pela cabeça, noites atrás, quando se levantara e ficara de pé, no meio do quarto? Hum!... Não, aquilo fora pilhéria. Ele se levantara, impelido por uma necessidade; mas, percebendo que eu estava alarmado, não respondeu durante dez minutos, lisonjeado pela ideia de que eu pudesse ter medo dele... Teria sido, então, talvez, durante essa parada no escuro, que ele pensara pela primeira vez em me matar... Entretanto, se eu não esquecesse a navalha na mesa, é possível que nada acontecesse. Será? Será mesmo? É verdade que ele me evitava; passou duas semanas sem me aparecer. Escondia-se, porque tinha *pena* de mim. A princípio, não me visava; escolhera Bagaoutov. E os pratos, que ele passou a noite aquecendo, talvez fossem uma esperança de operar assim uma transformação em seu espírito: do punhal ao enternecimento!... Pavel queria salvar-me, e salvar-se, com pratos quentes!"

O cérebro enfermo desse antigo "homem de sociedade" trabalhou assim, durante muito tempo, no vácuo. Afinal, acalmou-se.

Na manhã seguinte, Veltchaninov acordou ainda atordoado, mas dominado por um *novo* terror, absolutamente imprevisto.

Vinha-lhe esse receio novo da certeza súbita, profundamente arraigada, de que ele, Veltchaninov, homem de sociedade, acabaria indo, neste dia mesmo, e voluntariamente, à casa de Pavel Pavlovitch... Por quê? Com que fim? Veltchaninov não o saberia explicar e, bastante desgostoso, nem a si mesmo o explicava. Sabia apenas que se arrastaria até lá, sem compreender por quê.

Essa ideia louca — só assim a podia considerar — atingiu, no entanto, uma tal precisão, que assumiu forma bastante razoável e criou para si próprio um pretexto plausível: já véspera, ele tivera o pressentimento de que, de volta ao hotel, Pavel Pavlovitch poderia trancar-se cuidadosamente no quarto e enforcar-se, como o caixa de que falara Maria Syssoievna. Essa suspeita convertia-se progressivamente em certeza absurda, mas invencível.

"Por que diabo esse imbecil se enforcaria?" — perguntava-se Veltchaninov, tentando interromper o curso de seus pensamentos. Lembrava-se das palavras de Lisa... "Aliás, no lugar dele, eu talvez me enforcasse..." — pensava.

Por fim, em vez de ir jantar, tomou o caminho do hotel de Pavel Pavlovitch, dizendo consigo:

"Perguntarei só por Maria Syssoievna..."

Mas assim que desceu a escada, parou no vestíbulo.

— Como! Como! — exclamou, rubro de vergonha. — É possível que eu me arraste mesmo até lá, para beijá-lo e chorar? Terei de acrescentar a toda essa vergonha esta outra baixeza insensata?

Salvou-o da "baixeza insensata" a Providência, que vela pelas pessoas respeitáveis e corretas. Mal pôs os pés na rua, Veltchaninov esbarrou com Alexandre Lobov. O rapaz vinha esbaforido, visivelmente agitado.

— E eu, que vinha justamente à sua casa! Então, que me diz do nosso amigo Pavel Pavlovitch?

— Ele enforcou-se? — gaguejou Veltchaninov, aflito.

— Enforcar-se, ele? Por quê? — redarguiu Lobov, arregalando os olhos.

— Não sei... Continue.

— Diabo! O senhor tem cada ideia! Ele não se enforcou... Ora essa! Por que se enforcaria? Pelo contrário, ele viajou. Acabo de deixá-lo instalado no seu trem, devidamente despachado. Mas como esse homem bebe! Esvaziamos três garrafas. Predpossylov também estava no grupo. Como ele bebe! Como bebe! Cantava no vagão. Lembrou-se do senhor; fez-nos sinal e encarregou-nos de lhe apresentar seus cumprimentos. Mas é um canalha! Que lhe parece, hem?

O jovem estava bêbado. Bem o atestavam o rosto iluminado, os olhos cintilantes e a voz pastosa. Veltchaninov rompeu numa gargalhada.

— Confraternizaram-se bebendo! Ah! Ah! Ah! Beijaram-se e choraram. Ó poetas! Ó Schiller!

— Nada de injúrias, por favor! Saiba que *lá em casa* ele renunciou a tudo. Esteve lá ontem e hoje. Fez queixa de nós e Nadia foi trancada no quarto do sótão. Houve gritos, choradeira, mas não recuaremos! Não faz ideia de como ele bebe! E que mau tom! Falava continuamente a seu respeito; mas quem o poderá comparar ao senhor que, está-se vendo, é homem de linha, que pertenceu realmente à melhor sociedade. Se não me engano, a insuficiência de seus recursos é que o obriga agora a ficar de parte... Diabos levem Pavel Pavlovitch! Eu não o compreendi absolutamente...

— Foi ele quem lhe falou de mim nesses termos?

— Foi, sim; mas não se aborreça. É preferível ser um cidadão honrado a pertencer à alta sociedade. Digo isso, porque neste tempo e na nossa terra, já não vemos quem nos mereça estima. Concorde: não é uma desgraça para uma época não sabermos a quem devemos estimar? Não é verdade?

— É verdade, é verdade. E ele?

— Ele? Quem? Ah! Sim! Por que ele dizia continuamente: "Esse Veltchaninov tem cinquenta anos, *mas está arruinado*"? Por que "*mas* está arruinado", e não "*e* está arruinado"? Não fazia senão rir e repetir isso. Deu-lhe para cantar, no trem, depois chorou. Uma coisa revoltante! Esse bêbado dá pena! Detesto os imbecis! Em seguida, distribuiu esmolas aos pobres, pelo descanso de Elizabeth. É a mulher dele?

— A filha.

— Que tem aí, na mão?

— Um ferimento. Não é nada; ficará bom.

— Sabe? Foi bom que ele se fosse. E o diabo o leve! Mas aposto que, chegando à terra dele, casará logo. Não acha?

— E você também não pretende casar?

— Eu?... Ora! Isto é outra coisa!... O senhor é engraçado! Se tem cinquenta anos, o tal Pavel tem pelo menos sessenta. Convém ser lógico, paizinho! Depois, se quer saber, antigamente, há muito tempo, eu era eslavófilo puro. Hoje, é do Ocidente que esperamos a aurora... Bem, até breve. Foi bom encontrá-lo aqui; poupou-me a escada. Não insista; não posso entrar. Não tenho tempo...

Lobov afastou-se correndo; mas, quase em seguida, voltou atrás.

— Onde tenho a cabeça? Ele me deu uma carta para o senhor. Aqui está. Por que não o acompanhou à estação?

Veltchaninov voltou ao apartamento. Rasgou o envelope que trazia seu nome.

Não encontrou uma linha sequer de Pavel Pavlovitch. O envelope continha apenas uma carta; uma carta cuja letra ele reconheceu logo! O papel estava amarelecido; a tinta, desbotada. A carta vinha datada de dez anos antes, dois meses depois de sua partida de T... Não fora expedida e sim substituída por outra; era o que evidenciava seu conteúdo.

Nessa carta, Natália Vassilievna dizia-lhe definitivamente adeus, como na que ele recebera. Confessava-lhe que amava outro e não lhe escondia sua gravidez. Ao contrário, para o consolar, prometia-lhe que na primeira oportunidade lhe mandaria a criança. Assegurava que, daí em diante, ambos teriam outros deveres; assim, sua amizade estaria selada para sempre.

Breve, com pouca lógica, mas o fim era o mesmo: descartar-se do amor de Veltchaninov. Natália o autorizava até a ir a T..., para ver a criança. Deus sabe por que ela mudara de ideia e substituíra essa carta pela que lhe expedira.

À medida que lia, Veltchaninov ia empalidecendo. Imaginou Pavel Pavlovitch lendo a carta, pela primeira vez, na caixinha hereditária de ébano e madrepérola.

"Com toda a certeza, ele também empalideceu como um defunto", pensou Veltchaninov, vendo sua imagem no espelho. "Deve ter lido e fechado os olhos, para os reabrir com a esperança de que a carta não passasse de uma folha em branco. E, por certo, repetiu a experiência, pelo menos três vezes..."

CAPÍTULO 17
O Eterno Marido

Passaram-se dois anos, depois dos acontecimentos que acabamos de descrever. Vamos reencontrar o Sr. Veltchaninov instalado, num belo dia de verão, em um vagão de uma de nossas novas linhas ferroviárias. Ia a Odessa, visitar um amigo. Mas tinha outra finalidade não menos agradável: por intermédio desse amigo, esperava poder encontrar uma encantadora criatura que, desde largo tempo, desejava conhecer melhor. Sem entrar em pormenores, diremos apenas que nesses dois anos Veltchaninov mudara consideravelmente; ou melhor, corrigira-se. Sua antiga melancolia desaparecera sem deixar sinais.

Das "recordações" e das preocupações — consequências de seu estado doentio — que o tinham perseguido, dois anos antes, em São Petersburgo, só lhe restava uma secreta vergonha de sua antiga fraqueza. Só em parte consolava-o a certeza de que aquilo não se repetiria nem chegaria ao conhecimento de quem quer que fosse. Naquele tempo, com efeito, Veltchaninov cortara todas as suas relações sociais; vestia-se mal, escondia-se. Isso, naturalmente, não podia deixar de dar na vista. Mas, dentro em pouco, ele se reintegrara na sociedade, manifestando tanto arrependimento com tamanho desembaraço e tão completamente transformado, que "todos" lhe perdoaram a deserção temporária.

As próprias pessoas que ele deixara de cumprimentar foram as primeiras que o reconheceram e lhe estenderam a mão, sem perguntas indiscretas, como se ele houvesse estado ausente, por motivos de família que não eram da conta de ninguém, e acabasse de regressar. A causa dessa mudança tão lisonjeira era evidentemente o êxito favorável de seu processo. Veltchaninov obtivera sessenta mil rublos que, se não representavam uma quantia considerável, eram para ele de suma importância. Antes de tudo, colocavam-no de novo em terreno firme, o que significava sossego moral. Ele sabia, além disso, que não desperdiçaria esses recursos estupidamente, como esbanjara duas vezes sua fortuna. Esse dinheiro lhe bastaria até o fim da vida.

"Desmorone o edifício social, gritem-nos aos ouvidos o que quiserem", pensava ele às vezes, considerando as coisas nunca vistas, espantosas, que se desenrolavam em torno dele na Rússia. "Por mim, sempre terei certeza de poder proporcionar-me um jantar fino como este de hoje. Estou, portanto, preparado para tudo."

Esse pensamento, confortador a ponto de lhe causar uma espécie de volúpia, pouco a pouco tomara conta dele e transformara-lhe mesmo o físico, sem falar do moral. Comparado ao "rabugento", que descrevemos capítulos atrás e ao qual aconteciam coisas tão pouco convenientes, Veltchaninov nem parecia o mesmo homem. Tinha um aspecto jovial, franco, sereno; e seu rosto se tornava mais claro e mais rosado, à medida que se atenuavam as rugas inquietantes em torno dos olhos e na testa.

Veltchaninov viajava confortavelmente em um carro de primeira classe e uma ideia súbita alegrou-lhe o espírito. Na parada seguinte, a estrada bifurcava-se; uma linha férrea, recém-construída, lançava um ramal para a direita.

"Deixando aqui o trem direto e continuando pelo ramal da direita, na terceira estação poderei visitar certa dama que acaba de chegar do exterior e está sozinha, atualmente, no campo, o que é muito vantajoso para mim, mas bem desagradável para ela. Eu gastaria assim meu tempo de maneira mais interessante do que em Odessa; tanto mais que poderei ir a Odessa depois..."

Mas ele ainda hesitava e não podia decidir-se; esperava o "choque" imprevisto que influiria em sua resolução. A estação aproximava-se; o "choque" também não estava longe.

Nessa estação, o trem parava quarenta minutos, a fim de que os passageiros pudessem jantar. Um público impaciente acotovelava-se, como de costume, à porta da sala de espera; e, como de costume também, possivelmente, estourou um escândalo. Uma senhora muito bonita, mas com um vestido um tanto espalhafatoso para uma viajante, saltara de um compartimento de segunda, arrastando quase pelas duas mãos um jovem oficial de ulanos, belo rapaz, completamente bêbado, que tentava desvencilhar-se. A dama, provavelmente parenta mais velha, não o largava, temendo talvez que ele corresse ao bufê. Ora, o ulano tinha esbarrado, naquele aperto, em um comerciante que estava de farra e tinha perdido toda moderação. Ele estava na estação havia uns dois dias, bebia em companhia de numerosos companheiros e jogava dinheiro pelas janelas, sem se resolver a seguir viagem. Armou-se logo a briga; o oficial gritava, o comerciante praguejava. A dama, desesperada, tentava arrastar o ulano, dizendo em tom suplicante:

— Mitenka!... Mitenka!...

O jovem comerciante achou aquilo escandaloso. Todo mundo ria, é verdade, mas ele se sentiu, Deus sabe por quê, ferido na sua dignidade.

— Vejam só! "Mitenka!" — exclamou ele, imitando a voz aflautada da dama. — Nem mesmo em público, esses dois têm vergonha!

Chegou-se cambaleando à moça, que se sentara em uma cadeira e obrigara o ulano a tomar lugar junto dela.

— Não passas de mulher à toa! Mulher à toa!

A dama soltou um grito estridente e olhou à roda de si, implorando socorro, envergonhada e apreensiva. Para cúmulo, o ulano levantou-se protestando, pronto a se atirar ao insolente; mas escorregou e tornou a cair na cadeira. As risadas dos circunstantes aumentavam; ninguém parecia disposto a intervir. Foi Veltchaninov quem se adiantou; agarrando o comerciante pela gola, sacudiu-o e arremessou-o a cinco passos de distância da dama assustada. Essa intervenção enérgica pôs fim ao escândalo; o comerciante, bem assustado com as sacudidas e com a estatura de Veltchaninov, deixou-se levar pelos camaradas. O aspecto majestoso do cavalheiro elegante impôs respeito aos espectadores; as risadas cessaram. A senhora, muito enrubescida, com lágrimas nos olhos, agradeceu com efusão, enquanto o militar engrolava: "obrigado, obrigado..." Tentou estender a mão a Veltchaninov; mas, mudando de parecer, deitou-se ao comprido nas cadeiras.

— Mitenka!... — gemeu a dama, em tom de censura, juntando as mãos.

Veltchaninov divertia-se com a aventura e com as circunstâncias de sua intervenção. A moça interessava-o. Era, evidentemente, uma provinciana abastada, trajada ricamente, porém sem gosto, de maneiras um tanto ridículas. Reunia, pois, todas as condições para garantir o sucesso de um grã-fino da capital que tivesse certas intenções sobre uma senhora. Travou-se o diálogo; a dama falava, excitada, queixando-se do marido "que se sumira de repente do vagão e que era a causa de tudo... porque ele sempre desaparecia, justamente no momento em que se precisa dele..."

— Teve uma necessidade... — gaguejou o ulano.

— Oh! Mitenka! — e ela juntou de novo as mãos.

"Pobre marido" — pensou Veltchaninov. — "Mal sabe o que o espera!"

— Como se chama ele? — perguntou, propondo: — Posso ver se o encontro.

— Pa... l... Pa... litch — gaguejou o ulano.

— Seu marido se chama Pavel Pavlovitch? — perguntou Veltchaninov, com curiosidade.

Subitamente, a cabeça calva tão conhecida apareceu entre ele e a jovem senhora. Veltchaninov teve a impressão de estar vendo o jardim dos Zakhlebinines, as brincadeiras inocentes daquela tarde e o insuportável crânio calvo metendo-se continuamente entre ele e Nadiejda Fedosseievna.

— Apareces afinal! — exclamou a jovem mulher, exasperada.

Era Pavel Pavlovitch, em carne e osso. Surpreso e temeroso, contemplava Veltchaninov petrificado, como quem vê um fantasma. Era tal o seu assombro, que se passaram alguns instantes, sem que ele desse mostras de entender o que lhe explicava a esposa ofendida, com volubilidade e irritação. Afinal, Pavel sacudiu-se, sobressaltado; e compreendeu todo o horror da situação: sua falta, o mau procedimento de Mitenka, a intervenção deste "moço" — era como a dama, não se sabe por quê, designava Veltchaninov — "que foi nosso anjo da guarda, nosso salvador, ao passo que tu desapareces justamente quando deverias estar presente".

Veltchaninov riu-se com vontade.

— Mas, minha senhora, seu marido e eu somos velhos amigos, amigos de infância! — disse ele à dama, admiradíssima, pousando com um gesto protetor sua mão direita no ombro de Pavel Pavlovitch, que sorria vagamente. — Ele nunca lhe falou de Veltchaninov?

— Não, nunca — respondeu ela, um tanto confusa.

—Vamos, amigo desleal, apresente-me à sua esposa!

— É, com efeito, o senhor Veltchaninov, Lipotchka — começou Pavel, atrapalhando-se. — E...

A moça corou e fulminou-o com um olhar furioso, talvez porque ele a tivesse chamado de Lipotchka.

—Veja a senhora, ele não me participou que ia casar nem me convidou para as bodas. Mas a senhora, Olimpíada...

— Semionovna — soprou Pavel Pavlovitch.

— Semionovna! — interveio subitamente o ulano que cochilava.

— Perdoe-o, Olimpíada Semionovna, em homenagem a mim, homenagem ao nosso encontro. Ele é um marido excelente!...

E Veltchaninov assentou uma palmada amistosa no ombro de Pavel Pavlovitch.

— Só me afastei um instante, querida... — tentou justificar-se este último.

— E permitiu que sua mulher fosse insultada covardemente! — atalhou imediatamente Lipotchka. — Quando sua presença é necessária, o senhor nunca está. E anda sempre por perto quando não é preciso!

— Onde não é preciso, está... onde não é preciso... onde não é preciso... — repetia o ulano.

Lipotchka sufocava de raiva. Corava, compreendendo que não ficava bem mostrar-se assim, na presença de Veltchaninov; apesar disso, não conseguia conter-se.

— És cauteloso demais, quando não há necessidade... cauteloso demais! — deixou escapar a dama.

Mitenka também perdia a calma.

— Debaixo da cama... ele procura os amantes... debaixo da cama... onde não é preciso... não é preciso...

Nada havia a fazer, com Mitenka. Felizmente o episódio terminou muito bem. Estabeleceu-se logo certa intimidade. Pavel Pavlovitch teve o encargo de ir buscar sopa e café. Olimpíada explicou a Veltchaninov que vinham de O..., onde seu marido era funcionário, e iam passar dois meses em uma propriedade sua, a umas quarenta verstas da estação. Tinham lá uma bela vivenda com jardim , cercada de bons vizinhos; e aguardavam numerosos convidados. Se Alexei Ivanovitch quisesse ser amável a ponto de os visitar "em sua solidão", ela o receberia "como seu anjo da guarda", porque ela não poderia lembrar-se sem terror do que poderia acontecer, se... em suma, em uma palavra, "como um anjo da guarda".

— Um salvador... um salvador... — insistia calorosamente o ulano.

Veltchaninov agradeceu polidamente e respondeu que ficaria encantado, que não era homem de muitos afazeres, um ocioso, e que o convite de Olimpíada Semionovna lisonjeava-o extremamente. Travou-se então um diálogo animado, no qual ele conseguiu entremear dois ou três galanteios. Lipotchka corava de prazer e mal viu aparecer o marido, comunicou-lhe jubilosamente que Alexei Ivanovitch, convidado por ela, consentira em passar um mês na casa de campo, a partir da próxima semana. Pavel Pavlovitch não abriu a boca senão para um sorriso vago e contrafeito. Olimpíada encolheu os belos ombros e ergueu os olhos para o céu.

Separaram-se finalmente em meio a novas efusões de gratidão, de "meu anjo da guarda", de "Mitenka" etc. Pavel Pavlovitch acompanhou a esposa e o ulano ao seu vagão. Veltchaninov acendeu um cigarro e pôs-se a percorrer um extremo a outro da plataforma, certo de que Pavel Pavlovitch correria a falar com ele, antes do sinal de partida.

Foi o que aconteceu, com efeito. Pavel Pavlovitch apareceu, com uma interrogação ansiosa na fisionomia e nos olhos. Veltchaninov desatou a rir; agarrou-lhe "amistosamente" o cotovelo, arrastou-o a um banco próximo, sentou-se e obrigou o companheiro a sentar-se junto dele. Não falou; queria que Pavel Pavlovitch começasse.

— Então? Você vai mesmo à nossa casa? — gaguejou Pavel, entrando diretamente no assunto.

— Bem eu sabia que este homem não mudou nada! — exclamou Veltchaninov, rebentando de riso. — Onde está você? — continuou, batendo no ombro do outro. — Acreditou seriamente, um minuto que fosse, que eu iria à sua casa e ainda por cima passaria lá um mês? Ah! Ah!

Pavel Pavlovitch endireitou-se, radiante de satisfação.

— Não, não irei, não irei — afirmou Veltchaninov, rindo-se, contente.

Para falar a verdade, não percebia bem por que achava graça naquilo; entretanto, quanto mais pensava no caso, mais cômico ele lhe parecia.

— Realmente? Está falando sério?

Dito isso, Pavel Pavlovitch estremeceu, tomado de expectativa febril.

— Já lhe disse que não vou! Que esquisitão é você!

— Mas, então... se é assim... que explicação darei a Olimpíada Semionovna, que o estará esperando, se na semana vindoura não o vir aparecer?

— Ora essa! Diga que eu quebrei uma perna, ou qualquer coisa que o valha.

— Ela não acreditará — alegou Pavel Pavlovitch, com voz esganiçada e queixosa.

— E você apanhará? —Veltchaninov ria-se cada vez mais. — Noto, meu amigo, que você treme em presença de sua encantadora esposa. Hein?

Pavel Pavlovitch tentou sorrir e não conseguiu. Era ótimo que Veltchaninov recusasse o convite; não era agradável, porém, que tomasse a liberdade de se referir, nesse tom familiar, à senhora Troussotzky. A fisionomia de Pavel Pavlovitch ensombrou-se e essa mudança de expressão não escapou a Veltchaninov. Entretanto, soara o segundo sinal. Longe, uma vozinha aflita chamava Pavel Pavlovitch. Este agitou-se, nervoso; mas não atendeu o chamado. Esperava evidentemente que Veltchaninov confirmasse mais uma vez a resolução de não veranear com eles.

— Como é o nome de solteira de sua esposa? — perguntou Veltchaninov, como se não reparasse no nervosismo do companheiro.

— Ela é filha de nosso arcipreste — informou Pavel, com o ouvido atento e lançando olhares ansiosos ao seu vagão.

— Ah! Compreendo, você a escolheu pela beleza...

Pavel Pavlovitch ensaiou o mesmo sorriso contrafeito.

— E quem é esse Mitenka?

— Nada... um parente afastado... parente meu... filho de minha defunta prima Goloubitchikov. Obrigaram o rapaz a deixar o exército, por causa de certa história; mas agora ele está reintegrado. Nós o equipamos completamente, pobrezinho...

“Sim, senhor! Tudo em ordem e completo!”, pensou Veltchaninov.

— Pavel Pavlovitch! — chamou de novo a mesma voz, mais impaciente.

— Pa…l Pa… litch — repetiu outra voz, cheia de vinho.

Pavel Pavlovitch mexeu-se. Veltchaninov reteve-o, segurando-lhe com força o cotovelo.

— Quer que eu explique agora mesmo à sua senhora que você tentou degolar-me? Que lhe parece?

— Como? Nem pense nisso! — arquejou Pavel Pavlovitch, apavorado. — Deus o livre!

— Pavel Pavlovitch! — gritaram outra vez as duas vozes.

— Está bem. Vá!

E Veltchaninov largou-o, enfim, com uma risada satisfeita.

— É certo que você não irá? — gaguejou pela última vez Pavel Pavlovitch, quase desesperado, juntando as mãos, como outrora, diante de Veltchaninov.

— Juro-lhe! Vá de uma vez, ou terá de ouvir!

Veltchaninov estendeu a mão, com um gesto largo. Estendeu-a e estremeceu: Pavel Pavlovitch não lhe apertou a mão; retraiu a sua.

Soou o último sinal.

Então, em um instante, operou-se uma mudança: alguma coisa transformou totalmente os dois homens. Alguma coisa vibrou e rompeu-se em Veltchaninov que, segundos antes, se ria tão divertido.

— Se eu, *eu*, lhe estendo esta mão — murmurou ele, com os lábios trêmulos e descorados, agarrando violentamente o outro pelos ombros e mostrando-lhe, na palma da mão esquerda, a grande cicatriz do corte da navalha —, você bem a poderia apertar!

Pavel Pavlovitch também empalideceu. Tremeram-lhe os lábios e o mesmo tremor, menos perceptível, contraiu-lhe o rosto.

— E Lisa, então? — soluçou ele, ao mesmo tempo que o tremor dos lábios, das faces, do queixo lhe desfigurava os traços e as lágrimas lhe saltavam dos olhos.

Veltchaninov estacou diante dele, petrificado.

— Pavel Pavlovitch! — berrava do vagão uma voz, como se estivessem degolando alguém.

O trem apitou.

Caindo em si, com um gesto desesperado, Pavel Pavlovitch precipitou-se para o trem, que já se punha em marcha. Conseguiu agarrar-se à portinhola e alcançou, quase voando, seu vagão.

Veltchaninov permaneceu na estação até o escurecer. Tomou o trem direto. Desistiu de continuar pelo ramal da direita; não foi visitar a dama solitária na vivenda campestre; não se sentia disposto a isso. Mas como se arrependeu mais tarde!

Conheça os títulos da Coleção Clássicos de Ouro

132 crônicas: cascos & carícias e outros escritos — Hilda Hilst
24 horas da vida de uma mulher e outras novelas — Stefan Zweig
50 sonetos de Shakespeare — William Shakespeare
A câmara clara: nota sobre a fotografia — Roland Barthes
A conquista da felicidade — Bertrand Russell
A consciência de Zeno — Italo Svevo
A força da idade — Simone de Beauvoir
A guerra dos mundos — H.G. Wells
A ingênua libertina — Colette
A mãe — Máximo Gorki
A mulher desiludida — Simone de Beauvoir
A náusea — Jean-Paul Sartre
A obra em negro — Marguerite Yourcenar
A riqueza das nações — Adam Smith
As belas imagens (e-book) — Simone de Beauvoir
As palavras — Jean-Paul Sartre
Como vejo o mundo — Albert Einstein
Contos — Anton Tchekhov
Contos de terror, de mistério e de morte — Edgar Allan Poe
Crepúsculo dos ídolos — Friedrich Nietzsche
Dez dias que abalaram o mundo — John Reed
Física em 12 lições — Richard P. Feynman
Grandes homens do meu tempo — Winston S. Churchill
História do pensamento ocidental — Bertrand Russell
Memórias de Adriano — Marguerite Yourcenar
Memórias de uma moça bem-comportada — Simone de Beauvoir
Memórias, sonhos, reflexões — Carl Gustav Jung
Meus últimos anos: os escritos da maturidade de um dos maiores gênios de todos os tempos — Albert Einstein
Moby Dick — Herman Melville
Mrs. Dalloway — Virginia Woolf
O amante da China do Norte — Marguerite Duras
O banqueiro anarquista e outros contos escolhidos — Fernando Pessoa
O deserto dos tártaros — Dino Buzzati

O eterno marido — Fiódor Dostoiévski
O Exército de Cavalaria — Isaac Bábel
O fantasma de Canterville e outros contos — Oscar Wilde
O filho do homem — François Mauriac
O imoralista — André Gide
O muro — Jean-Paul Sartre
O príncipe — Nicolau Maquiavel
O que é arte? — Leon Tolstói
O tambor — Günter Grass
Orgulho e preconceito — Jane Austen
Orlando — Virginia Woolf
Os mandarins — Simone de Beauvoir
Retrato do artista quando jovem — James Joyce
Um homem bom é difícil de encontrar e outras histórias — Flannery O'Connor
Uma fábula — William Faulkner
Uma morte muito suave (e-book) — Simone de Beauvoir

Direção editorial
Daniele Cajueiro

Editora responsável
Ana Carla Sousa

Produção editorial
Adriana Torres
André Marinho
Laiane Flores
Adriano Barros

Revisão
Raquel Correa
Rita Godoy

Diagramação
Futura

Capa
Victor Burton

Este livro foi impresso em 2021
para a Nova Fronteira.